B杜极短篇故事集（401～500）（简体字版）

A WORD TO THE WISE (TALES 401~500 IN SIMPLIFIED CHINESE CHARACTERS)

B杜

British Library Cataloguing-in-Publication Data. A CIP catalogue record for this book is available from the British Library.

ISBN 978-1-913080-91-4 (ebook)
ISBN 978-1-913080-90-7 (print)

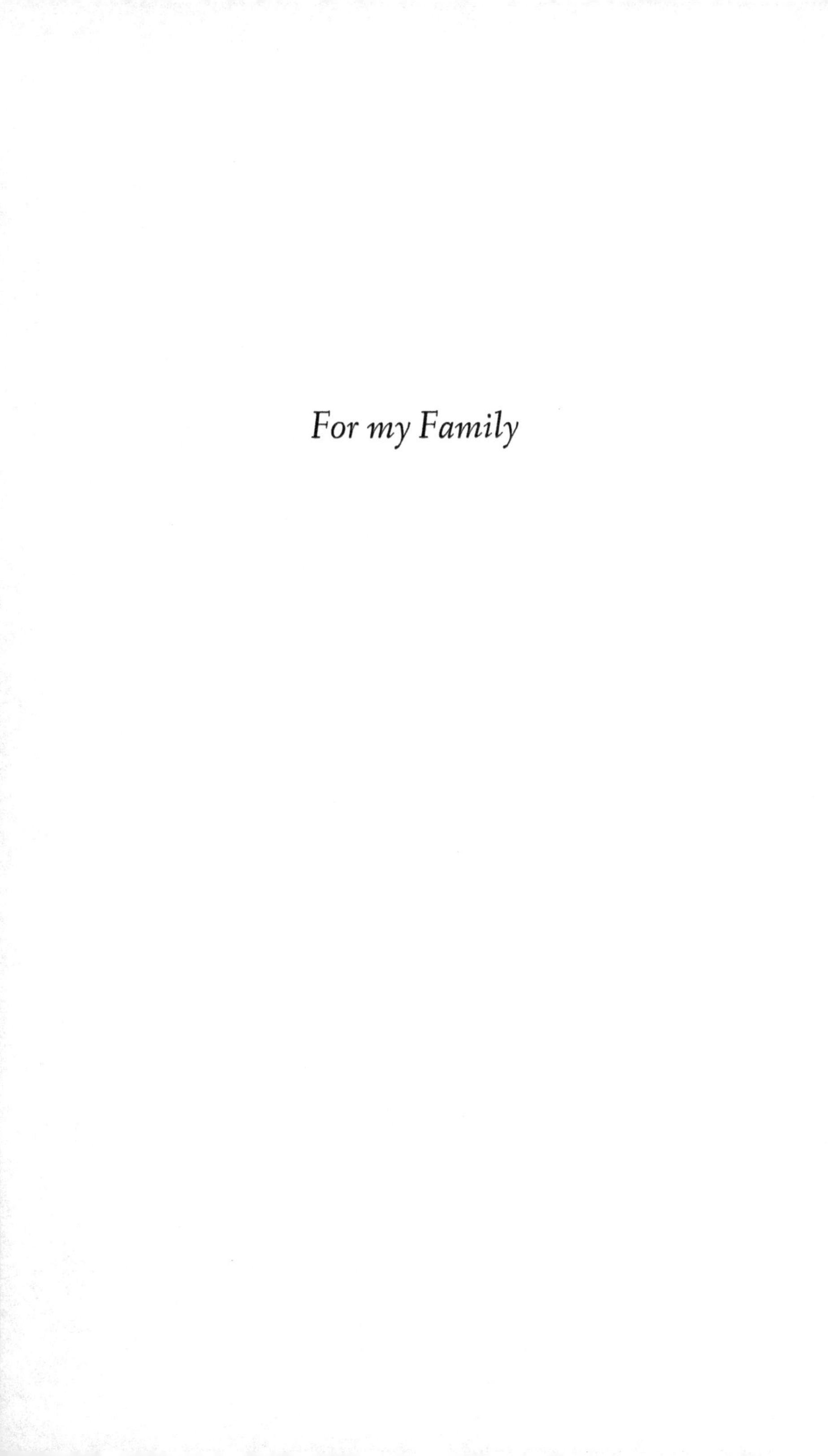

For my Family

（401）

2026年5月18日，鹰酱国的资深特工Alex得到一项紧急任务，负责携带一个50毫升的瓶子飞到长城国的首都。

"然后呢？" Alex问。

"然后等待指令。"他的上级面色凝重，"记住了，瓶不离身，而且绝对、绝对不能打开。"

飞机后来顺利抵达长城国的首都，不幸的是海关随机抽中Alex进行随身物品的检查。

"这是什么？"海关人员举起一个小瓶子问。

"那是我的个人吉祥物，能保佑我一路平安。"

海关人员闻了闻瓶子，正想打开时，Alex说："拜托别打开，妳一打开就不灵验了。"

Alex是个美男，他一出声央求，同时给出灿烂的笑脸，年近中年的女海关立刻被迷得神魂颠倒，没打开就放行了。

拿回瓶子的Alex大松一口气，他快步走出机场，结果还未坐上出租车就收到指令——把瓶子放在最繁华的大街上，然后即刻回国。

Alex很快就完成使命。

两个月后，长城国首先出现疫情，感染的人数呈几何级数增长，并且向他国扩散。各国纷纷指责长城国投毒及防疫不力，求偿和制裁的呼声甚嚣尘上。

时间往前推到2026年5月17日，鹰酱国的生物实验室出现病毒外泄事故。消息传到总统府，总统连夜召开紧急会议，会议上决定找背锅侠，而且动作得快，必须赶在本国出现疫情前……

（402）

老马面店开了近半个世纪，也算是半个百年老店，但火起来却不是因为东西有多好吃，而是老马的固执，好比面做好后必须先喝一口汤、不另加配料（给钱也不加）、吃完即走等，但凡违反规定，轻则警告，重则赶人。

针对他的奇葩行径，网上的评论褒贬不一，但老马一律不予理会。

说起老马这个人，他也曾平易近人、和气生财过，但随着年龄渐长，他越来越不想委屈自己，放开本性的结果便是钱赚少了，但他开心多了，因为每天来店

里吃面的都是同路人（也是，非同路人
已经被他赶跑了）。

本来老马对于他人的批评和建议已经无
动于衷，但某天听店里的客人提起网上
有人调侃他的"老马面店"应该改为"固执
老头面店"时，内心还是起了涟漪。

次日，他差人将招牌换了。

有人问他为什么这次不固执了？他答："
看到这个招牌还愿意走进来，可见是我
的同路人，为了能更精准地找到顾客，
这点儿改变是值得的。"

（403）

相传2800年前，撒丁岛上的腓尼基人相继死去，死时面带微笑，很久以后才得知是藏红花色水芹惹的祸，它含有神经毒素，说是"微笑死亡"，其实更像是"面瘫"，那种笑容让人不寒而栗，带着一丝恐怖气息。

何博士感到奇怪，怎么会有人生吃这种长在水里的植物，而且接二连三？

带着这个疑问，她飞向撒丁岛。

"这就是藏红花色水芹。"当地研究员指着池塘里的花说。

"看起来很像粉色莲花。"何博士答。

"是的，如果不是漂亮又带香味，大概不会有人想采摘，从而酿成悲剧。"

"我能带一株回去做研究吗？"

当地研究员回答可以，但请小心，绝对不能食用。

何博士笑了，这是想当然尔的事，何需叮嘱？

一株致命植物就这么被何博士千里迢迢给带回来，现在就躺在实验室的操作台上，香味四溢，很是诱人。

"传说它的根部有甜味，这是真的吗？"何博士边想边拿起植物的根部一闻，"哇！好香甜的味道。"

然后不可思议的一幕出现了，何博士扳下一小块根部放进嘴里咀嚼。

"嗯！没错，是甜的。"她答。

下午三点，莫北赶到五星级酒店的附设咖啡厅。

"不好意思，与委托人多聊了会儿，所以迟到了。"他气喘吁吁地说。

"呵呵！我这个兄弟永远把事业摆第一，所以找他打官司的人络绎不绝，忙都忙不过来。"一个油头粉面的男人对身旁的女人解释。

那女人看起来谨小慎微，她打量一下莫北后，问："你是哪个律师事务所的？"

"长安律师事务所。"莫北把全身上下的口袋都翻找了一遍，"抱歉！今天忘了带名片。"

"没关系，长安律师事务所很有名气，我回去查一查就知道。"

"查什么？"莫北勃然大怒，"难道妳不信任我？"

那个女人被他的气势给吓到了，支支吾吾地解释不是这个意思，而是老吴经常跟她撒谎，所以有点儿不敢相信他会有个律师朋友……

"嫂子，"莫北换了脸色，"我和吴玄从小一块儿长大，知根知底，他这个人……记性是差了点儿，但人不坏，值得托付终身。"

有了律师的"背书"，这个女人终于释怀，高高兴兴地和她的男人走了。

莫北没有跟着离去，而是又叫了杯咖啡。当他边饮咖啡边享受浮生半日闲时，有人汇了¥1000元给他，转账说明上写着：我的名字叫吴眩，四声**Xuan**，不是二声**Xuan**。

（405）

某天，Paco闲来无事逛超市，一不小心把一颗草莓撞落至地面。他拾起后，发现撞坏了，看四下无人，便把嘴里的口香糖吐出来，粘住草莓的缺口。

你若问Paco为何要如此做，他也说不出个所以然。

那颗草莓后来被一个容易紧张的妈妈给买走了，可想而知，屁大点儿的事儿立刻成了不可饶恕的罪行，几天后竟冲上新闻头条。

"监控显示那颗粘上口香糖的草莓是你干的。"警察对Paco说。

"我承认是我干的，但草莓里藏鼻屎可不关我的事。"他答。

这是真的，当Paco得知有人将"罪行"进一步升级时，也曾大吃一惊。

"为什么会有人干这种缺德事？"警察喃喃道。

"这我哪知道？"

警察口头训斥他的不当行为后放行。

挨骂过后，Paco漫无目的地走在街道上，越走越觉得无趣，不行，得找点儿乐子才行，于是他回家拿了两根缝衣针，然后匆匆赶往超市......

（406）

靠着走后门，黄老板把自己那碌碌无为的儿子送进了重点高中。东窗事发后，黄老板面对镜头频频道歉，把责任通通揽在身上。

有人说黄老板傻，这下子赔了夫人又折兵。

话说得没错，但当无耻和无能只能选一个时，黄老板毫不犹豫便选择无耻，这胜过自己的儿子被当成无能。

说到底，他是一位好父亲！

魏星辰在校时曾是一名文艺女青年，对爱情怀有不切实际的幻想，然而随着年纪渐长，加上身处异国的孤独，她不得不自降标准，史春安就是这么走进她的世界。

"我开了一家餐厅，生意不错，温饱绝对不成问题。"他说。

"我最讨厌做家务，煮菜更是不行，所以别期望将来我会当你的帮手。"

"哈！娶老婆又不是娶帮佣，我负责养家，妳则负责貌美如花。"

就这样，两个在异国打拼的人开始搭伙过日子，只是没多久便传来坏消息——魏星辰被公司解雇了。

"这样也好，餐厅忙不过来，妳来帮忙正好。"她的老公说。

史春安对外和对内皆说自己开了一家餐厅，其实就是个中式外卖店，店内了不起有一张靠墙的长条桌，可供3人同时坐下来用餐。

"你说过娶老婆不是娶帮佣，怎么现在食言了？"魏星辰很不满地说。

"那好吧！只是少了一份收入，生活水平肯定会下降不少。"

魏星辰也知道，所以加紧找工作，可惜天不从人愿，她最后不得不到店里帮忙，好辞退已在"餐厅"工作数年的老员工。

每天处在油烟里，魏星辰的郁闷可想而知，而更让她气结的是史春安那个混小子竟然打算把女儿接过来抚养。

"你不是说孩子的抚养权归前妻吗？"魏星辰质问。

"没错，但闺女的成绩不好，若待在国内，连个三本大学都上不了。"

"那不关我们的事。"

由于魏星辰摆明了不接受，史春安便不再提。原以为这件事翻篇了，没想到隔年春天的某个夜里，一名又黑又瘦的女孩被带进门，给了女主人一个措手不及。

魏星辰气不打一处来，当场便和老公吵起来，但吵赢了又如何？依旧改变不了生米已经煮成熟饭的事实，除非把孩子轰出门（这个有风险，史春安已是孩子的监护人，如果照顾不周，可能身陷囹圄）。

本来生活的重担已经够让人身心俱疲，现在又被迫当起"后妈"，魏星辰的苦闷无处诉说，每天像行尸走肉般地活着……

"这就是妳把史燕竹推入海里的原因？"法官问。

"不是，史燕竹只是个孩子，我对她没那么大的恶意，而是生活。"

"生活？"

"生活欺骗了我，我一直想过得好，可是却越过越差，我心想如果史燕竹不在了，生活应该会待我好一点儿。"

由于文化差异，法官以为"生活"是个人名，于是要求将"生活"列入证人，下次开庭时传唤他。

魏星辰听闻后，一会儿笑一会儿哭，最后决定大哭一场，为什么不呢？反正生活已经如此糟糕，不会再坏了。

封控国下达一道命令——所有人都套上脚链。

"凭什么？依据的是哪条法律法规？"有人问起。

政府给的答复是如果每个人都套上脚链，犯罪份子便逃脱不易，为了保护全国人民的生命和财产安全，牺牲小我有其必要性。

纵使反对者言之凿凿，但抵不过大多数的支持者，于是在没有任何法律法规的情况下，封控国的国民都套上了脚链……

"嘿！妳的脚链怎么有朵花？"玛雅问。

"我画的。"芬妮答。

"好漂亮！能不能也帮我画？"

"可以，不过得收费。"

"那有什么问题？"

从此，封控国又多了一批手艺人，他们不仅会在脚链上留下精美的图案，还能制作各种装饰物。久而久之，大家已经忘了脚链所带来的束缚，反而开始追求时尚的脚链……

这才是封控的最高境界！

某天，心情郁闷的小霜在社交平台上留言："卖掉所有，有人出价吗？"

才一会儿工夫，她就收到数十封私信，有的开门见山；有的欲盖弥彰；有的直接开骂。

小霜本来不想理会，但其中一封引起了她的注意，那人写道："一百万元，老地方见。"

这八个字像八个火球，日夜燃烧着小霜，最后她还是赴约了。

"把衣服脱了，上床！"那人命令着。

小霜照做。

完事后，那人说："妳带给我的伤害，我若想求偿，起码也得一百万元，就当互不相欠吧！"

"好的。"

走出大楼，小霜往上一瞧，那个熟悉的窗口曾经晃过一个人影，但很快消失。

回家后，小霜把原来的那则留言删了，另外上传新留言："心碎了，有人补吗？代价不计。"

才一会儿工夫，她就收到数十封私信，有的开门见山；有的欲盖弥彰；有的直接开骂。

小霜本来不想理会，但其中一封引起了她的注意，那人写道："一百万元，老地方见。"

（410）

汤姆在野外捡到一只刚出生没多久的小奶狼，他把它带回部队。本来还有点儿担心这个小家伙会被排斥，没想到受到极大的欢迎，兄弟们轮流照料它，巨细靡遗。

光阴似箭，日月如梭，小奶狼在爱的氛围里渐渐长成一匹成年狼，由于伙食极佳，加上每天跟着部队出操，它的肌肉结实且拥有一定的攻击技能。

这一天，部队接到转移阵地的命令，汤姆遂问团长能否带上"团狼"？得到否定的答案后，他闷闷不乐了一下午。

"你怎么了？"有兄弟问起。

汤姆据实以告，并且说出自己的计划。

20

大伙儿听完后，全陷入沉默，那样子像是如丧考妣。

隔天，这群爱心天使轮番抓起家伙攻击狼。刚开始，狼以为是玩耍，渐渐地也闻出了不对劲，怎么平常爱它的人类一夜之间全成了恶魔？

慌乱之中，伤痕累累的狼仓皇而逃。

夜里，狼想起自己曾经的"朋友"，又偷偷跑回部队，结果被揍得更惨。几番试探之后，狼彻底绝望，它怀着一颗破碎的心走进森林，发誓再也不接近人类……

在这所大学里，李睿辰被当成了渣男，理由是始乱终弃。他觉得很无辜，自己明明对交友很慎重，怎么就背负骂名？

这一天，李睿辰到食堂吃饭，发现坐在对面的女生很顺眼，于是问了句："妳什么系的？"

"中文。"她答。

"难怪有股优雅的气质。"

她冷笑一声，然后看向他，一字一句慢慢地吐出来："李睿辰，国贸系，始乱终弃的渣男。"

李睿辰的心喀噔了一下，怎么那点儿破事已经"坏事传千里"了？

"其实大家都误会我了，我对感情向来不随便也不将就，不知流言打哪儿来的？"

女生答这不是流言，被他伤害过的女人正是她的同班同学。

此时李睿辰的脑海里闪过很多张女孩的脸孔，他记不得当中是否有中文系？

"要不要我再多给你一点儿提示，好帮助你恢复记忆？"女生问。

"不需要，事情过去就过去了，我不辩解。"他站起身来，"请慢用。"

结果走出食堂时，那女生追了上来，问："我是不是伤到你了？"

李睿辰否认，然后女生问他想不想喝奶茶？她请客！

堂堂男子汉怎能让女生请客？于是他们一同走向小卖部，最后由李睿辰买单。当喝完奶茶时，彼此又约了晚上看电影。

就这么相处约三个礼拜后，李睿辰提出分手，因为他发现这个女生与他的"标准"尚有一段距离。

"渣男！"女生哭喊着，"你果然又始乱终弃。"

这话真不知该从何说起，人总要交往一阵子才会知道合不合适，不是吗？

由于这个女生又吵又闹，有男生看不下去，给了李睿辰忠告："你的毛病出在太快分手，拖个一、两年，搞不好女生受不了你，自己先提分手，如此一来便能全身而退。"

"那可不成，不合适还拖着人家，这才是渣男！"李睿辰说。

然后不是渣男的李睿辰继续背负渣男的骂名，而成千上万个渣男却毫发未损。

（412）

林小旭五岁学琴，十岁便已拿到钢琴10级证书，此后过五关斩六将，参加过大大小小的比赛，也获得了很多荣誉，可是一到就业市场，他发现自己的选择不外教学，这与当初的梦想相距甚远，早知如此，倒不如走寻常路，也许更轻松些。

想到自己的不如意，他打开琴盖弹起贝多芬的《命运》钢琴曲，当按下最后一个音键时，他的心情好多了。

也许林小旭此生都无法实现当初的梦想（成为国际知名的钢琴家，每天忙着巡回演出，名利双收），但他有了排忧的法子，如果把这个算进去，好像还不太亏。

（413）

写了十余年的小说，姜涛终于迎来高光时刻，他的新作《大侠李弯》卖出百万册，出版社社长笑得合不拢嘴，立刻请他到社里喝茶。

"姜兄，趁着形势大好，你得赶紧出新书。"社长说。

姜涛原来写科幻小说，一直不温不火，没想到改写武侠小说反而大热，真是始料未及。

"会的，我正在酝酿，预估两年能完稿。"他答。

"两年？"社长提高音量，"两年都能改朝换代了，谁还认识你？"

"要不……一年？"

社长认为一年还是太长，最好三个月能出。

姜涛立即回答不可能，写作不像涂鸦，随便画几笔就能交差。

"我反正把话撂下，一年后你谁也不是，又重回无名小卒的状态。"

听社长这么一说，姜涛的心七上八下，他已经当"无名小卒"很久了，过程实在太难熬，他不想再经历一次。

于是三个月一到，姜涛及时上缴新作《明日天涯》，直到得到普遍的认可和赞扬，他才放下心来。

谁能想到正是这本书让他栽了跟头——数年后他被一位律师给告上法庭，理由是《明日天涯》与他青少年时期所写的小说《鸳鸯蝴蝶剑》多有雷同。

姜涛当然否认，但面对"铁证如山"，最后也只能低头认错。

这下子姜涛的口碑坏了，他的作品再也无人问津，只能暗自退出文化界。

你若问他后不后悔？他当然后悔，"借鉴和致敬"了那么多本，偏偏就栽在这一本上，早知如此就该抄"耄耋之年"的作品，毕竟年轻人有太多的不确定性（谁能想到当年的农民之子日后会成为律师？），风险值实在太高了！

（414）

刘阿鸾离异后到大城市讨生活，找来找去，感觉当住家保姆最合适，既管吃又管住，所有的收入都能存下来，再美不过！

通过家政公司的安排，她到徐教授家工作，平常就是打扫卫生兼煮三餐，同时推行动不便的雇主下楼活动，一个月能进账八千元。

一年过去后，徐教授向刘阿鸾求婚，承诺百年后房子归她，结果被拒。

抹不下脸来的徐教授怒火冲天，逢人便说刘阿鸾不识抬举，一个乡下婆娘能被高级知识份子看上已是莫大的恩泽，竟然还把送上门的福气给挡在门外，简直愚昧不堪！

刘阿鸾不置一语，当天便辞了工。结果徐教授又舔着脸把她求回来，并且主动将月工资提高至一万块。

十几年过去后，徐教授驾鹤西去，他的儿女上门跟刘阿鸾结清工资，另外又多给了一个月的薪水，借以感谢她多年来的辛劳。

如果当年接受徐教授的求婚，刘阿鸾不仅没有了月收入，到头来还得跟他的儿女争房产，这才是愚蠢至极！

"跟徐教授结婚，妳好歹能有大城市的户口。"有人提起。

"这几年赚的，我都拿来买房，怎么说也是个包租婆了，我还稀罕那玩意儿？"刘阿鸾答。

（415）

昨晚杨老师在群里特别叮嘱张丰易的父母检查孩子的作业，今日一看，十道数学题错了三题，明显失职。

杨老师气炸了，在课堂上点名张父和张母，言明哪天张丰易若废了，绝对是这两人的过错。

这段"义正辞严"的谈话被某个"手贱"的学生给录下，并且发到网上去。

一开始，舆论站在老师这一边，认为如此认真的老师值得表扬。渐渐的，风向转了，张丰易的父母得到越来越多年轻人的支持，因为批改作业本来就是老师的工作，如果助长歪风，以后谁还敢生孩子？

鉴于提高出生率乃目前政策的重中之重，杨老师被点名批评了。

此后，杨老师像变了个人似的，不再动不动就发脾气，给的功课量也大幅度减少，反倒受学生欢迎。

"杨老师，最近孩子们的功课怎么变少了？"有家长问起。

"您说呢？"她反问。

（416）

孙月如出生在一个大家庭，兄弟姐妹很多，光靠父亲一个人的收入，日子过得很紧巴。现在想来，孙月如的"抢食"习惯应该就是那时候养成的，后来家境虽有好转，但恶习难改，直到该嫁人时依旧无人提亲，家里人这才着急起来。

"阿如，吃饭的速度放慢点儿，男人若看到妳这副吃相，早躲得远远的。"她的父亲说。

"没错，女孩子得注意形象，最好等男方动筷子了，妳才动。"她的母亲说。

就在动员方圆五百里内的所有媒婆后，孙月如终于迎来人生中的第一次相亲，地点就选在家乡最好的餐厅。

席间，孙月如没忘记父母的叮嘱，她等男方动筷子了，才去捡自己不甚喜欢的菜叶子，而且吃饭的速度极慢，一口饭菜能咀嚼半天。

吃完相亲饭后，孙月如的父母迫不及待地问媒婆有没有下文？媒婆给了一个不会让人下不了台的婉拒借口。

事实上，男方可没这么客气，一吃完饭他就把气撒在媒婆身上，理由是相亲对象比照片胖了不止一倍，看着没有300斤，起码也有二百五。

那年，当孙月如自私地把全家为数不多的口粮全塞进嘴里时，她不会想到日后会为此付出惨痛的代价……

（417）

小欣得了胃癌晚期，人瘦得只剩70斤，若不是远在美国的男友频频为她打气，她早失去抗癌的勇气。

这一天，她收到男友的微信留言，说会有个大惊喜给她，果然中午时分，一个精致的黑天鹅蛋糕便送到。

"看！秦冬多有心，知道今天是妳的生日，特意订了个蛋糕给妳。"小欣的母亲说完，拭去眼角的泪水。

如果不是寿星带着病容，周围的人会打从心底替她开心。

后来《生日快乐歌》响起，小欣切了蛋糕，把秦冬的心意分享给为她辛劳的医

35

护人员，她自己反倒没吃，因为这种高糖、高热量的食物对胃癌晚期患者来说是大忌。

过完生日的那个周末，小欣撒手人寰，连男友的最后一面都没见着。

办完丧事，小欣的母亲到电信局注销了一个手机号，连带以该号码注册的微信号也上不了了。

时间往前推两年，当得知女友患癌，秦冬开始玩失踪。小欣的父母好不容易才找到他，哀求他去见女儿，哪怕做戏也行。

好说歹说下，秦冬答应见女友最后一面，再多没有。

那次见面，秦冬卯足了劲儿，不仅嘘寒问暖，还答应到了美国依旧会经常联系她，等一拿到博士学位，立即飞回来娶她……

小欣流下感动的泪水，多少人见癌色变，自己的男友却不离不弃，实属难得！

"对了，我换了手机号，微信妳重新加我一下。"秦冬说。

小欣照做。

果然人一离开没多久，爱的留言就翩然
而至，并且日复一日，雷打不动。

傅越起的演员之路实在太不容易了，他从群众演员做起，一步步往上爬，五年后才做到特约，接下来男五、男四、男三，男二，直至当上男主角，15个年头已经过去了。还好当初他入行得早，同时这个年代也能接受保养得宜的中年男人当主角，所以没扼杀了他的梦想。

"小起子，有个40集的宫廷剧让你接，明天和我一起去见见制作人吧！"

打来电话并且唤他"小起子"的是傅越起的经纪人，他已经这么叫了十多年，一直没出问题。

"别再叫我'小起子'了，让旁人听到多不好。"傅越起说。

"是是是，您现在是大红人，想当初……哎！不提了。"

想当初这个经纪人根本没看上傅越起，是他死皮赖脸讹上的。

次日一早，经纪人又打来电话，提醒他别忘了十点之约。

"海兰大厦离我的住处起码有一百公里远，公司若不派车来接，打车的钱总得报销吧？！"傅越起问。

他的经纪人沉默一会儿后才答拿发票报销，口气听起来很不爽，还好十点钟的谈话进行得相当顺利，经纪人才又有了笑脸。

一走出海兰大厦，有粉丝认出傅越起，求合影，碍于今日他没戴隐形眼镜（不愿"丑照"外流），所以委婉地拒绝了。

两个礼拜后，历时八个月的武侠片终于杀青，傅越起正想喘口气，结果被守在片场的记者拦下，让他谈谈拍戏期间的甘苦。傅越起吊了一天的威亚，已经累到不行，于是请记者改日再聊，到时他会知无不言，言无不尽……

最近有关傅越起甩大牌的流言四起，包括坐地起价、对粉丝臭脸、放记者鸽子……等，他不知流言从何而来，为此很是苦恼。

曹芸倩逛街时被一个制作短视频的团队拦下，他们正在做街头实验，想请曹芸倩打电话给男友，告知自己怀孕的消息。

"这……不好吧？！万一他当真了呢？"曹芸倩说。

"这不正好测测他对妳的心意？别担心，事后我们会向妳男友澄清这只是个小实验。"

曹芸倩和男友小章已经交往两年多了，早该论及婚嫁，可是对方一直装迷糊，也好，趁这个机会测测他对自己是不是认真的？

电话接通后，曹芸倩问男友在干啥？

"炒股，等赚到五千万元就娶妳哈！"他答，听得出来是玩笑话。

"我……我恐怕等不了那么久。"

"什么意思？"

"我怀上了，今天刚验出来。"

结果小章直接消声，这让曹芸倩有了不祥的预感，直接要他给句痛快话。

"痛快话就是——我们分手吧！"说完，小章立刻挂机。

曹芸倩不相信男友会如此绝情，立马回拨，结果传来对方已关机的提示音，这下子她哭成了泪人，好不容易才在短视频制作团队的再三安抚下怀着复杂的心情离去。

这边关了机的小章同样心情复杂，小时候的他曾患上腮腺炎，后来病毒入侵到生殖器官，医生说将来若想有子嗣，恐怕得借助科技的力量……

（420）

简大直空降到某公司的行政部门当主管，为了扼止"走后门"的流言，同时也给下属来个下马威，他一上任就裁掉该部门近 $1/3$ 的员工，美其名为精简人员。

裁员过后，所有行政人员的工作量都增加了，但薪水却原地踏步。有些人支持不下去，干脆辞职走人，这让坚守原岗位的人雪上加霜。

简大直也知这非长久之计，于是通知HR招人（由于急需用人，薪水小涨了些）。消息很快在內部传开，那些被裁和主动离职的人一夜之间全数回笼，这下子老员工不高兴了，一个个萌生退意，简

大直只好一视同仁，也让老员工涨工资
。

兜了一圈，行政部门的员工一个都没少
，简大直还获得"散财童子"的雅号，除
了公司这个冤大头外，没人是输家。

有一群海盗趁着月黑风高闯进一个村庄，并且控制住所有人。在搜刮了财物之后，他们忽然改主意，决定当起这个村庄的头儿，让整村的人都来供养他们。

自从有了土皇帝，村里人苦不堪言，久而久之，两个小伙子受不了了，他们决定逃出去，没想到形迹败露，最后只能灰溜溜地躲进树林里。

村里人都知道树林里有个隐秘的山洞，那两人肯定躲那里去了，但大家都不肯说破。

海盗气炸了，决定先拿村长开刀。村长抵死不说，结果全家被杀，接着一个个鲜活的生命相继葬送在屠刀下，包括那两人的至亲。

两个小伙子对所发生的事知之甚详，因为每杀一个人，海盗都会向树林喊话。

终于有一天海盗不再向树林喊话，两个年轻人觉得事有蹊跷，但回家查看的风险太高，所以还是反其道而行。当他们顺利抵达邻村时，两人又哭又笑，这重获新生的感觉真他妈的太美妙了！

（注：村民守住的是义还是愚蠢？）

（422）

丁铃小学五年级时曾被班主任性侵，这成了她挥之不去的梦魇。长大后，她依旧无法释怀，加上生活的重担，她患上了严重的抑郁症，最终在23岁那年按下人生的停止键。

走在黄泉道上的丁铃越想越不甘心，她决定停下脚步等待那个毁掉她一生的败类。

这一等就是二十多年，但好歹是等到了，她立刻挡在那个步履蹒跚，化成灰都认得的班主任面前。

一开始，班主任并没有认出她来，这让丁铃的愤怒更加深了。

"我是被你性侵过的学生，你怎能忘记我？过去的三十多年里，我无时无刻不想起你那丑陋的脸孔。"丁铃愤恨地说。

"是吗？我真记不得了。"他停顿了一下，"妳在这儿等我，有事吗？"

"你没有话对我说吗？"

"……对不起。"说完，班主任继续向前走。

就这样？

丁铃气不过，又拦下那人。

"妳到底想怎样？"班主任眉头紧锁，"我不是道歉过了吗？"

"光一句道歉是不够的，我那被毁掉的人生该怎么算？"

于是班主任要她开出条件来，但凡能做到，他尽量满足她。

此话一出，丁铃傻眼了，是的，除了一句道歉，她要不了更多，因为人世间的赔偿对已死的人来说不具备任何意义。

"你对我可曾有过一点点儿的內疚？"丁铃噙着泪水问。

"实话说——真没有。我一生中做过很多缺德事，如果事事都內疚，我活不到75岁。"班主任叹了口气，"其实最该内疚的是妳自己，我承认给过妳一刀，但日后拿刀凌迟妳的却不是我，而是妳，所以别把后来的伤痕累累都归到我头上，这不公平！"

班主任答完，头也不回地走了。

丁铃既羞愧又恼怒，怎么会是这个结局？

只一会儿的工夫，这个女人便决定追上去。

"啊～"班主任捂住染血的裤裆惨叫。

"让你下辈子当不成男的。"丁铃冷酷地说道。

乔许是一名特工，某天，他接到一项任务——暗杀居住在波特街55号的怀特教授。

但凡能上暗杀名单，肯定是威胁到国家安全，乔许很乐意除之而后快。

经过跟踪，乔许很快发现每个星期三晚上怀特教授都会进入离家约两公里处的某栋公寓内，几个小时后才离开。今晚又是星期三，比较特别的是这次有个留着大波浪发型的女人站在阳台上目送他离去。

"原来单身的怀特教授还有个情人。"乔许心想。

等观察得差不多之后，乔许开始行动，一场"完美"的车祸就这么发生了。

一年后，乔许在电视新闻上看到情报局局长接受采访，身旁坐着他的新婚夫人，一头的大波浪卷发，很是风姿绰约。

（424）

1999年，魔术师乔治在表演人体切割魔术时发生重大事故，他的助理（也是他的妻子）在两千多位观众面前被切成两半，鲜血染红了整个舞台。有观众当场昏厥过去，而最崩溃的当属魔术师本人，他吓得脸色惨白，好半天都回不过神来。

警察等他恢复正常后才开始问话。

"你从事魔术表演多久了？"

"近十年了。"

"这可是第一次发生失误？"

"是的。"

"表演时有没有发现任何异常现象？"

"没有，我和太太已经搭档演出好多年了，一直默契十足。"

"有人说之前的人体切割魔术，你从未在助理的嘴巴上贴胶带。如果没贴，她肯定能呼救。"

乔治解释魔术表演就是图个新奇，倘若一成不变，观众很快便会失去兴趣，所以每隔一段时间他都会加入新的情节，为的就是让观众能够耳目一新。

这个回答合情合理，加上乔治没有案底，意外发生后的反应也挺正常的，法官最后以过失杀人结案，判乔治入狱两年（这算判得很轻）。

两年过后，乔治重拾老本行，助理换上一位明艳动人的金发女郎。临上台前，女郎在乔治耳边低语："亲爱的，你若斗胆用胶带封我的嘴，我会让你吃不了兜着走。"

陈明开了一家贸易公司，办公室只有二十平米大，平常就只有他这个老板和财务在里面上班。

你若说陈明只是玩票性质，公司去年起码纳税好几百万元；你若说他当真，好像也不是那么回事，迟到早退已经成了常态（他之所以还上公司来，无非盯着财务这个"唯一"的员工，老板可以不务正业，但员工不能）。

"老板，其实搭建网站并不难，购买域名也挺便宜的，这些人为什么还是花费几十万乃至上百万元向我们购买？"财务问。

"因为我们注册的域名是他们想要的，全球唯一，所以非得向我们购买不可。"

"可是……"

陈明雇用的财务做事认真、人实在，就是脑筋有时会转不开，他只好用一个故事来点醒梦中人。

"从前有个大官的书法写得不咋地，但总有人来求字，而且润笔之资颇高，你说这是为什么？"他问。

"敢问您就是那位大官？"财务反问。

"不，我是替大官收下润笔费的随从。"陈明答。

（426）

这几天正是秋老虎大显神威的时候，站在太阳底下，不一会儿工夫就汗水直流，像在洗桑拿。

为了避开火热的太阳，彭家棋一走出地铁口就钻入边上的M银行办事，此时的号码已经发到一百多号，而排在他前面的尚有17人。

等了约莫两小时，终于轮到彭家棋，大概他的运气不好，被忙得焦头烂额的银行柜员当成了受气包。

"你知道马路对面也有一家银行吗？再不继，坐两站公交车也有另一家，怎么顾客全挤这里了？"柜员没好气地说。

马路对面是有一家，但办事的窗口只有一个，冷气还不给力，最要命的是过马路得爬一段约五十米长的天桥，岂不热死？

"因为M银行的服务最好，所以我上这里来。"彭家棋不疾不徐地答。

那名柜员欲言又止，最后把话吞下，开始帮他办理业务。

2 1世纪竟然还有皇室存在（让劳苦大众去供养富到流油的阶级），简直可耻！针对此点，Liam的反对立场从未改变过。

这一天，乔安娜王妃拜访公立医院，当来到Liam的病床前时，他本来想臭脸相向，但打扮精致的王妃向他伸出友谊之手，同时轻声细语地问候他，顷刻间，Liam感觉自己被某种力量给驯服了。等王妃一离开，同病房的病友们无不向他投来倾羡的眼神，那样子就像他忽然被上帝眷顾了似。

幸运之事还不止此，当晚的头条新闻便是乔安娜王妃拜访公立医院一事，虽然Liam的脸只短暂出现在电视屏幕上，但这惊鸿一瞥的效应却很深远——医院上下一夜之间全认识他，而照料他的医护人员也比以前更加用心。

有人问Liam："乔安娜王妃本人和电视上看到的是否相符？"

"才不呢！"Liam的眼睛散发着光芒，"她本人比电视上看到的要美多了，声音像黄莺出谷，身上还带着微微的香气，好比仙女下凡……"

当全校公认的男神和郭福如走在一起时，不知击碎了多少女孩子的美梦，她们难以想象沈文扬竟然会看上一个如此平凡的女人。

说起郭福如，她不是不好看，而是比她好看的人多了去；她也不是不优秀，但和真正优秀的比，还是难望其项背；而最最最……让人无语的是她的"透明"，想哭就哭，想笑就笑，还"自来熟"，连跟摊贩买个东西都能做到互加微信，一点儿也不懂得矜持。

"你怎么就看上她？"沈文扬的兄弟忍不住问。

"因为她让我看到了活力。"

"活力？那找舞蹈系的学生，她们个个貌美如花、精神奕奕……"

"我不是这个意思，我指的是真正努力活着。"

他的兄弟迷糊了，谁不是真正努力活着？但话终究没说出口。

直到沈文扬入院接受化疗，大家才明白他的选择，因为郭福如一直是"动"的，对于日薄西山的人来说，像抓住了生命的尾巴………

当爸爸把新妈妈领进门，并且要两个孩子喊人时，大儿子很快喊："妈妈。"；小儿子沉默一会儿后，蹦出一句："阿姨。"

"怎么是阿姨？叫妈妈！"父亲说。

想到父母离婚才半年，父亲就再娶，还要他喊一个陌生女人"妈妈"，小安怎么也叫不出口。

由于死不改口，家里的氛围长期弥漫着不安，好像埋藏着随时会引爆的炸弹似的。

"你怎么就不知变通？喊一声'妈妈'也不会少块肉。"小平对弟弟小安说。

对于哥哥的"叛变"，小安已经怀着不满的情绪，再听他游说自己"倒戈"，更是火冒三丈。

"我不像你，变色龙！"小安嘶吼着。

"奇怪了，"他的哥哥挠挠头，"妈在的时候，你老说恨死她了，怎么现在反倒向着她？"

小安也知道自己的母亲不称职，做了很多伤害家人的事，但她是妈妈，这世上惟一的妈妈，无人能替代。

二十多年过去后，某天小安的赌鬼妈妈突然回来找他，要他帮着还赌债，结果被拒。

"儿啊！我听说你为了我，到现在还不肯喊那个女人'妈妈'，你怎么可能不向我伸出援手？"他的母亲泪眼婆娑地问。

"妳误会了，我捍卫的是母亲这个角色，非妳。"小安冷冷地答。

刘敏一直怀抱美国梦，听说美国的一家养老院正在找护工，她立即提出申请，并且顺利得到工作。哪知来到美国后，她才被告知养老院目前不缺人，要嘛即刻回国，要嘛当雇主母亲的私人看护。

只考虑了一会儿，刘敏便果断接下这份工作，心想反正工作性质没变，只是从一对多变成一对一而已。

雇主的母亲居住在郊外的一栋平房内，因车祸成了植物人，已经卧床一年多，平常除了雇主和医生偶尔会来探望和做例行的检查外，大部分的时间里，屋内只有老人和二十多岁的刘敏。

刘敏每天面对一个"活死人"，久而久之，自己也像枯萎的花朵……

"妳为什么要杀老人？"警察问她。

"我这是在帮她。"

"胡说！"雇主冲上来，但被警察拦住，"妳这个刽子手！"

刘敏直到现在依旧认为自己在做好事，老人想早点儿解脱，只是苦于开不了口……

后来在法庭上，刘敏也是这么答。

"妳是帮老人还是帮妳自己？"法官问。

"我……当然帮老人。"她仰起脸，满怀希望地问，"法官，是不是坐完牢我就可以回国了？"

（431）

嘎子很爱逛夜市，尤其喜欢买夜市小吃。他的室友感到奇怪，同样拿钱购买，为什么嘎子总能得到最多？

针对这个疑问，嘎子笑嘻嘻地答："因为我有秘密武器。"

室友们纷纷要他拿出来看看，结果竟然是一部手机。

"怎么是手机？"有人问，"这个大家都有，算不上秘密武器。"

"你们是有，但不会善加利用呀！"

他的室友要他别卖关子了，还是赶紧说出来吧！

嘎子表示用说的倒不如做给他们看，于是一群人浩浩荡荡地往夜市走去！

在小吃摊上，只要被嘎子看上的，他立刻掏出手机拍摄，嘴巴念念有词，像是在拍摄短视频。

"这家的炸猪排外酥里嫩，我百吃不厌。老板，给我拿一个。"嘎子边说边录像。

摊主看见有人在录像，赶紧露出笑脸，同时把最大、最厚且汁水看起来最多的猪排扔进油锅内……

（432）

左礼彬是个妈宝男，倘若离开母亲，他连自己的袜子都找不着，所以不论上学还是就业，他的母亲总跟着他迁徙。

这一天，邻居钱大妈说有个好女孩要介绍给左礼彬，问左家的意思。

"当然好呀！"左母眉开眼笑，"我累了大半辈子，刚好休息一下。"

"妳该不会想找个免费的帮佣吧？！"钱大妈小心地问。

"当然不是。"左母笑得好大声。

这下子钱大妈反倒尴尬。

结果第一次相亲就黄了，原来左母全程参与，宛如儿子的代言人。这还不打紧，当探听完女方的基本信息后，左母竟然问了一个让人瞠目结舌的问题："如果妳和左礼彬同时掉进海里，妳希望谁获救？"

"妳怎么答？"钱大妈问相亲女孩。

"我还来不及回答，那个坐在一旁始终一言不发的男人竟然开口说：'妈，我怕！'。当下我只好让左先生先获救，不然能怎么办？"

两天过后，左母找到钱大妈，说自己对女孩满意得不得了，让她安排第二次见面。

"这个恐怕有难度，"钱大妈早准备好说辞，"女方家长表示自己的女儿相亲过后得了创伤后应激障碍，需要长时间疗养。"

"创伤后应激障碍？这是什么病？"

"听说是经历了重大创伤性事件，所导致的一种精神障碍。"

和钱大妈道别后，左母大呼万幸，差点儿就让个神经病进家门，真是佛祖保佑，阿弥陀佛！

（433）

西元1965年，卓越国召开一场秘密会议，与会者皆是全国的顶尖人物，包括科学家和商业巨子。

"我设计了一款能植入人体的晶片，政府只需用特殊仪器扫描就能知道每个人的所有信息，包括他去过什么地方、曾有哪些念头等等，方便国家控制国人，甚至整个世界。"一位科学家说。

卓越国的总统听完，频频点头。

"这不可行！"国务卿出口反对，"光是说服政客通过法案，一百年都做不到，何况还会引发内乱，得不偿失。"

正当大家议论纷纷时，全国首富开口了，他说把这件事交给他，他能让全国乃至全世界的人被追踪，却浑然未觉。

1968年，互联网开始崛起……

（434）

西元1999年，卓越国召开一场秘密会议，与会者皆是全国的顶尖人物，包括科学家和商业巨子。

"我设计了一款能植入人体的晶片，凡与政府唱反调者皆不予植入，政府可以借此铲除异己，因为没有晶片的人在这个社会上等同边缘人士，既无法就学，也无法就业。"一位科学家说。

卓越国的总统听完，频频点头。

"这不可行！"国务卿出口反对，"光是说服政客通过法案，一百年都做不到，何况还会引发内乱，得不偿失。"

正当大家议论纷纷时，全国首富开口了，他说把这件事交给他，他能让全国乃至全世界反对卓越国的人都生不如死。

2030年，网络暴力仍方兴未艾……

（435）

西元2033年，卓越国召开一场秘密会议，与会者皆是全国的顶尖人物，包括科学家和商业巨子。

"我设计了一款能植入人体的晶片，时间一到，晶片内部的致命毒素便会自动释放出来，政府可以借此铲除老人，避免老龄化所带来的社会成本。"一位科学家说。

卓越国的总统听完，频频点头。

"这不可行！"国务卿出口反对，"光是说服政客通过法案，一百年都做不到，何况还会引发内乱，得不偿失。"

正当大家议论纷纷时，全国首富开口了，他说把这件事交给他，他能让全国乃至全世界的老人主动结束生命，却浑然未觉。

2035年，火星移民计划开始实行，60岁以上老人优先参加，费用全免……

小彤喜欢喝咖啡，身上总带着咖啡的香气，不像她的男友黎川，恼人的大蒜味怎么也去除不掉。

某天，小彤对黎川说："你能不能别吃大蒜？我讨厌接吻时满嘴大蒜味。"

"我喜欢吃大蒜就像妳喜欢喝咖啡一样，我可没要求妳别喝。"黎川答。

小彤也知道这个要求过分了点儿，但大蒜造成的口臭让她难以忍受，终于有一天爆发出来，两人因大蒜分道扬镳。

分手半年后，小彤飞到日本度假，当导购员介绍青森县的特产时，她眼前一亮。

"你说这种咖啡完全由大蒜制成，那么喝完会不会有口臭？"小彤问。

"放心，大蒜经过充分烘焙，喝完绝对不会有口臭问题，请放心饮用。"导购员答。

于是小彤买下大蒜咖啡。

回国后，她踌躇了半天，最后还是打电话给黎川，说有个惊喜给他。

"真巧！我也有个惊喜给妳。"黎川答。

他们相约见面，地点就选在小彤的租处。

当黎川进门时，一股浓浓的咖啡味扑鼻而来。

"妳又泡咖啡了？"他问。

"嗯！"小彤把泡好的咖啡递过去，"猜猜这咖啡是用什么做的？"

黎川喝了一口后，答："大蒜。"

小彤本来还想卖关子，结果什么也卖不了。

"你怎么知道？"她问。

黎川把包里的东西拿出来，竟然也是大蒜咖啡。

"这是日本青森县的特产，喝起来不仅像真正的咖啡，而且不含咖啡因，妳喝了正好。"他说。

最后那句让小彤破防，黎川还是在乎她的，不是吗？

他俩默默凝视一会儿后，黎川开始行动。啊！少了大蒜味的吻，那滋味不要太美妙。

（437）

这个周末，公司办理团康活动，没想到从未参加的华皓竟然报名了，真是太阳打西边出来！

由于活动地点选在海水浴场，所以每个参与者抵达现场后都换上泳衣，然后一个个在海边戏水，谁也没料到大浪会来得如此猝不及防，林语瞬间被卷入海里。

"救……救我！"她喊着，还因此吞下好几口海水。

当时跳海相救的有 3 人，只是华皓的动作最快，所以成了林语的"救命恩人"。

自从有了这层微妙的关系，林语开始关注华皓，他的不苟言笑成了"酷"的表现

79

；他的不合群也成了"曲高和寡"的象征。久而久之，正值花信年华的林语竟然情愫暗生，华皓当然也感受到了，顷刻间，天雷勾动地火。

有同事劝林语三思，"怪人"之所以怪，一定有不符合常人思维的地方。一个人说不打紧，当周围人都不看好时，林语的心开始动摇了。

"妳确定要分手？"华皓问。

"……嗯！"林语答。

隔天，林语的办公桌上躺着一封血书，把同部门的女同事吓得尖叫声连连，此时的林语却冲出办公楼，她要去看看那个爱她成痴的傻小子现在怎么了？

两年后，柔弱的林语手刃华皓，当警察问她为什么行凶时，她苦笑着答："能写血书的人绝非正常，我是被逼无奈呀！"

自从莱恩被最好的朋友欺骗后，他的三观有了天翻地覆的改变，连带教育方式也与以前大不相同。

"杰森，梨子成熟了，你上树摘吧！"莱恩对相依为命的独子说。

"好呀！但下来的时候你得抱我。"

"没问题。"

于是杰森上树摘了好几十个果子，足足有一大袋，可是当他要下树时，他的父亲却拎着袋子进屋去，完全不理会他。

诸如此类的事层出不穷，杰森甚至怀疑自己是不是父亲的亲儿子？否则怎会被如此对待？

转眼十多年过去了，某天，杰森告诉父亲想离家，也许再也不会回来。

"儿啊！外面的世界很险恶，千万别信人，即使亲如兄弟，也有可能欺骗你。"他从保险箱里取出一沓钱，"这些都是我这几年辛苦攒下的，你省着点用。"

等杰森一走出村口，那些钞票立刻被他洒向天空。

"嘿！你是不是傻了？那些可都是钱哪！"有村民对他说。

"我扔的是假钞。"杰森答。

（439）

听说邻村出现怪病，搞得鸠劫村的村民终日惴惴不安，村长不得不召开村民大会，借以商讨对策。

"我认为应该设路障，禁止他人入村。"二狗子说。

"没用的啦！难道24小时找人看守？"阮大爷答。

经过两小时的唇枪舌战，最后决定连夜挖凿河道（同时放入数条凶狠的鳄鱼），将鸠劫村整个隔离起来。

果然接连几天皆相安无事，代表怪病并没有入侵，鸠劫村的村民总算能长舒一口气。

谁能想到这舒心的日子才过了没几天，李大婶就来找村长，她说算一算时间，嫁到邻村的女儿应该快生了，她想过去帮忙。

"妳这不是添乱吗？万一染病了怎么办？"村长问。

"染病我就不回来了。"

由于李大婶的去意甚坚，村长只好派人带她出村，渡河的过程惊险万分，两人还差点儿进了鳄鱼的肚子。

后来三三两两的人皆来找村长，他们都有这个、那个的理由，非得离开鸠劫村不可。有了"李大婶"这个先例，这下子村长不放行也不成。

几个月过去后，村长发现那些外出的村民没有一个回来，现在全村只剩下一半的人口，这可怎么办？

村长不得不召开村民大会，借以商讨对策。一番唇枪舌战下，最后决定连夜将河道填平。

次日，当村民们发现又可以自由进出村子时，大家聚集在村口载歌载舞，直到某个村民开始口吐白沫。

“快！找村医。”二狗子说。

“没用的啦！他这是得了怪病。”阮大爷答。

此话一出，村民们一哄而散，有的往村内跑，有的往村外跑，比例大概1:1。

（４４０）

某天，小虞告诉朋友："我昨晚看到一个身家百亿的富豪在吃6元一碗的卤肉饭。"

"换作是我，肯定每天大鱼大肉，至少在吃的方面不会亏待自己。"朋友答。

小虞说百亿富豪吃6元一碗的卤肉饭是有原因的，不像表面上看到的那样。

他的朋友催促他说，于是小虞把富豪的的发家史娓娓道来，包括原本在传统市场卖菜，后来开餐厅赚到第一桶金，接着涉足房地产、家具市场和保险行业等。

"你还是没说他为什么吃6元一碗的卤肉饭。"朋友提醒小虞。

“因为他身家254亿，但负债300亿，目前已经被限制高消费了。”小虞终于给出答案。

（441）

博浩第一眼看到月儿就沦陷了，她符合他对妻子的所有幻想，包括纤瘦的身躯、冷白的肤色、迷离的眼、小巧的嘴……等，连名字都带着诗意。

月儿也喜欢上博浩，只是碍于女性的矜持，迟迟不肯表态，让博浩有好长一段时间患得患失（也就是说他俩的结合很费一番功夫）。

婚后，那些交往期间被有意忽视的问题逐渐浮现出来，譬如月儿的"病态美"是真的有病，吃多了不行，吃少了也不成，只能少量多餐，同时戒辛辣，偏偏博浩无辣不欢，两人根本吃不到一块儿去。还有，月儿的性格柔弱，属于"易被欺

88

负"型，所以生活中的大小事都得由博浩出面，否则只有吃亏的份。

这一天，博浩刚被老板训了一顿，正憋了一肚子气，不巧月儿打来电话，问他在哪里？

"在办公室里，不然还能在哪里？"他没好气地答。

月儿没听出不对劲，接着问："朋友邀我逛街，我可以去吗？"

自从认定博浩是自己的真命天子后，月儿把所有的决定权都交出去。刚开始，博浩很满意自己的女人如此信赖他，但久而久之，他心累了，怎么娶了个没主见的媳妇儿？

"妳逛街就逛街，问我干啥？"博浩对着手机咆哮，像为一早上蓄满的怒气找到发泄口。

逞一时口舌之快的代价便是无休止的悔恨，他责问自己怎能如此对待他那娇弱不堪的妻子？

回家后，博浩发现月儿不见了，打她手机也不接，心里很是着急，尤其外面还下着雨……

在小区内找了一圈没找着人，博浩正想打给岳父母时，草丛里发出声音。他寻声望去，那里蹲着一个全身湿透的女人。

博浩见状，把手里的伞一扔，跑过去抱起她，说：“咱们回家。”

时间倒退至博浩七岁时，当时也下着雨，草丛里有一只被淋湿的小狗，博浩将它抱入怀中，说：“咱们回家。”

（442）

小张在非洲某国的集市上发现有人在卖浅褐色的饼干，导游说这是用一种特殊的土做的，孕妇尤其喜欢吃。

常听人调侃——穷到吃土，没想到真有人吃上了。

小张让导游带他去看"土饼干"的制作过程，老实说，还挺干净卫生的（除了成品被一旁的鸡踩了几脚，没什么大问题）。

"我还想看看原料来源。"小张对导游说。

于是导游带他来到一个貌似土壤肥沃但荒废已久的土地上，烈日下的工人为了赚取微薄的收入，正大汗淋漓地干活。

小张感到不解，挖土难道比种庄稼轻松？有那个力气和时间，为什么不种植营养价值更高的玉米、蔬菜或水果呢？

这个疑问很快得到解答。

"工人说这里的人买得起土做的饼，却买不起农作物，他才不干白活！"导游翻译。

"**秀**兰，我很快会回来，妳一定要等我。"

说话的是荷兰军医Nico，他与秀兰已相恋半年。

"不，你别走，你走了，我怎么办？"秀兰抱着他痛哭流涕。

为了和"洋鬼子"在一起，家里已经闹得不可开交，秀兰的父母甚至数度以死相逼，她仍不为所动，如今他却要离她而去。

"乖，"Nico抹去她脸上的泪痕，"我是军医，奉命得跟着部队回国，不过妳放心，一回到国内，我会立马辞职，然后以平民的身份回来娶妳。"

Nico离开的那一天，秀兰在港口站了一整天，即使船只已没了踪影，她依旧痴痴地等，心想也许船只会因故返航，然而……没有也许。

此后秀兰落入漫长的等待，她从碧玉年华等到古稀之年，那个承诺会回来娶她的人依然没有回来，而她已为他守贞超过半个世纪。

反观Nico，与秀兰道别时，他也离情依依，但没多久便收起儿女情长，因为船上突然爆发疫情，他是军医，救死扶伤是职责。当船只终于抵达荷兰，也许因为曾共患难过，再加上一点儿的缘分，他与船上护士Anouk步入婚姻殿堂，婚后生下三男两女。Anouk后来因产褥热去世，Nico因此消沉了一阵子，直到遇到来自挪威的女医生Heather，他才又动了再婚的念头，并且迎来自己的第六和第七个孩子，她们是一对漂亮的双胞胎。

就在刚过完八十大寿的某天下午，有记者告诉Nico——有个老妇（秀兰）还在等他。

"秀兰……"Nico的记忆一下子回到从前，"她没结婚吗？"

"没有，她一直在等你。"记者答。

"这个傻女孩！等不到就应该放弃，过好自己的生活才是。"

当记者问他愿不愿意和当年的恋人见上一面时，Nico想了想，表示还是不见好，不过他有个东西送给她。

记者后来挟带礼物渡海而来，当时的秀兰已经有些耳背，加上翻译人员的声音忽大忽小，她听得不是很清楚，但礼物来自Nico，她是知道的，可是等她兴奋一打开，立刻哭成了泪人。记者很不解，不过是荷兰的泥土，至于吗？

Nico的用意是把自己故乡的泥土送给昔日的爱人做纪念，但秀兰却误会了，以为他已归为尘土。

不过这个结局并不坏，因为秀兰又有了新的盼头，她决定当自己入土的时候要怀抱那抔黄土，这代表Nico的爱一直都在，他俩永不分离……

（444）

玫瑰国每年花在搜集情报上的费用达到数十亿元，这包括培训特工、收买线人、维持情报机构的正常运行等，可惜与付出的时间、金钱和精力比，收效只能说是差强人意。

反观牡丹国，它走的是"全民皆线民"的路线，为每一通告密电话支付约合一杯奶茶的钱。虽然收集来的情报有真有假，但只要有一个是真的，可能就制止一场恐怖袭击或毒品交易，其作用不下一个真正的情报机构。

这一天，一个外国人走进牡丹国的某小区，所有人都停下手中工作注视着他。那名外国人左顾右盼一会儿后，向B栋走去，接着按下912的对讲机，当获准进入后，区长办公室的电话立刻响起。

"你好，这里是区长办公室。"

"你好，我是工号123594，刚刚我看到一个外国人走进东方小区B栋912窒，形迹很可疑。"

"好的，我记下了，谢谢你对国家安全做出了贡献。"

斯密达的工号正是123594，以每天两通的告密频率计，这个月的烟钱应该有着落了。

（445）

那天季晓帆又与母亲吵架，一气之下，她拿头撞墙，碰碰碰的声音让人胆战心惊。她母亲见制止不了，当场下跪，说："帆儿，妈错了，妳别伤了自己。"

季晓帆最后还是停了下来，倒不是因为母亲的那番话，而是力不从心，因为撞的力度过大，她已渐渐失去意识，再醒来时，人已躺在病床上。

医院等季晓帆的身体康复后才安排心理医生与她谈话。

"能谈谈那天为什么会有过激行为吗？"庞医生问她。

98

“我失业在家，母亲看不惯，天天念天天念，像个魔咒似的，我就想死了算了，也许重新投胎会有一个比较好的开始。”

庞医生问她是不是觉得自己没有好的开始？

“我妈扫大街，我爸在监狱里蹲着，你说这是好的开始吗？”季晓帆反问。

庞医生停顿了一下后，问她愿不愿意尝试催眠疗法？也许可以找出问题的症结所在。

催眠？这倒新鲜，季晓帆立刻同意了。

两天后，庞医生为她进行催眠，如果不是有录像为证，她恐怕会以为自己被糊弄了。

“公主？哈！我的前世竟然是唐朝公主？！”季晓帆惊得下巴都要掉下来。

“照催眠的结果来看，妳的前世是一位公主，要风得风，要雨得雨，没想到今世落到这步田地，心理当然会有落差。”

听庞医生这么一分析，季晓帆眼前一亮，难怪她会好逸恶劳，毕竟上辈子有仆人供她差遣，她何需劳累自己？

"现在怎么办？我能不能做回公主？呃！我的意思是重新过起养尊处优的生活。"她问。

"我认为不难，只要走出家门，一定能遇到妳的王子，到时候又能做回公主。"

季晓帆想想也对，整天窝在家里怎么可能遇得到王子？这是第一次她想快点儿找到工作，好远离贫穷。

结束今日的催眠治疗后，庞医生在诊疗单上写下：无需用药，后续有待观察。

季晓帆的这个案例让庞医生联想到去年夏天遇到的病人，不论他怎么给药和开导皆没用，后来改用催眠疗法，事情才有了转机。

"你似乎并不满意这个结果。"庞医生说。

"也是也不是，知道心结所在当然好，但一想到自己的前世是一名乞丐，又不免哀伤，难怪今世的我会如此悲观。"江小弟答。

"我有不同的见解，和前世比，你的今生一开始就赢在起跑线上，我认为这是一种平衡现象。"

"平衡什么？"

"平衡对你前世的不公，可惜你好像并不领情。"庞医生倾身向前，"听着，你得马上停止负面情绪，如果一直这么轮回下去，你永远都会不满意，永远都在自怜自艾，什么时候是个头？"

江小弟陷入沉思，代表庞医生的话他听进去了。

后来，不论前世是公主的季晓帆还是前世是乞丐的江小弟都未再回到医院复诊。庞医生踌躇了一下，最后在诊疗单上写下"痊愈"二字。

小学五年级时，班上来了一个转学生，两颗大大的兔牙很是显眼，尤圣轩立刻被她吸引住，心想："世上怎么会有这么可爱的女孩？"

自从颜诗波（连名字都这么可爱）出现后，尤圣轩下决心当一个正经的好男孩，可是这一招好像不管用，因为新同学看都不看他一眼，于是他又做回淘气男孩。

"嘿！"他拉颜诗波的马尾，害她差点儿跌倒，"妳的东西掉了。"

那个天真的女孩果然四下寻找，发现被骗后，立刻怒目相视。

尤圣轩冲她吐吐舌头，然后逃之夭夭。

捉弄的事干多了，难免也会出纰漏，好比今天，他没料到在地上捡到的发圈是班代表的，而这个女魔头竟然会为小小的发圈哭泣。

"怎么回事？"班主任问。

"那个发圈是我爸花80欧元从法国带回来送我的，现在却不见了。"班代表抽抽嗒嗒地答。

尤圣轩不知道80欧元折合人民币多少，但想必不低，否则平常高傲的班代表也不会掉眼泪。

"是谁偷走冯美莉的发圈？"班主任大声斥问全班。

尤圣轩本来还想承认自己在地上捡到一个咸菜色的发圈，由于班主任用了"偷"这个字眼，吓得他把到嘴边的话吞进肚里去。

"既然都不承认，那我只好一个个搜，大家都把手臂放在身后。"

班主任说完，开始行动，不一会儿的工夫就找到了。

"老师，我真的不知道它为什么会出现在我的抽屉内。"颜诗波脸色铁青地说。

"别解释了，明天让妳的家长来见我。"

尤圣轩数度想站起来承认这是自己的恶作剧，但都败给了那个叫"软弱"的家伙。

隔天，颜诗波的家长如约来到学校，但不是为了听训和道歉，而是给自己的女儿办理转学手续，这成了尤圣轩永远的一块心病。

转眼二十多年过去了，在多方寻人无果的情况下，尤圣轩终于死心，转身和相亲对象结婚。当他把戒指套在新娘子的无名指上时，那个长相稍嫌平庸的女人笑了，露出两颗大大的兔牙……

校来了一位国际交换生Lena，吴在文成了她的室友。

有一天，回到宿舍的吴在文问Lena在忙什么？

"我正在用中文写诗。"她答。

这个回答吓坏了吴在文，据她所知，Lena的中文水平连四级都达不到，如何写诗？

Lena回答写诗并不难，只需要几个词汇和基本语法就能写，然后把自己已经写好的诗递过去。

吴在文读完后，立刻佩服得五体投地，以下便是瑞典学生Lena所写的中文诗《知道与不知道》：

有一天，不知道问知道知不知道？

知道答知道，反问不知道知不知道？

不知道答不知道。

于是知道告诉不知道，现在不知道也知道了。

（448）

1₉岁女大学生张雪被网络诈骗骗走学费，她郁郁寡欢，最后选择自杀；反观同班同学黄筱丹，虽然也被骗走5000元，但她没有做傻事，而是选择报警……

这则新闻告诉我们做人要看得远，别因小失大，还有，这跟张雪是不是贫困县里的贫困生，一点儿关系也没有。

（449）

自从被前妻拿走一半的家产，六十多岁的富豪蒋亦夫发誓不会再婚，而且交友观变了，只选20岁以下的傻白甜，她们还未被社会污染，容易掌控。

十多年过去后，蒋亦夫的身体大不如前，他决定在众女友当中选择一位替他养老送终，这个桂冠最后落在游婉湘的头上。

游婉湘来自农村，家境贫寒，自从被蒋亦夫一眼相中，全家跟着鸡犬升天，蒋亦夫相信这种人一定会感恩图报、不离不弃（为了让这名年轻女孩更加死心塌地，蒋亦夫把身后财产全留给她并且无婚姻束缚，方便她来日嫁人）。

蒋亦夫死的那一天，救护车上的急救员发现他已经瘦成皮包骨，身上的恶臭闻着像来自压疮，跟着一起上车的年轻女孩则表现出悲伤的样子，不停地拿着手绢轻压眼角，眼睛很清亮，眼白处无一丝血丝……

（注：压疮又称褥疮，乃局部组织长期受压所造成的皮肤溃烂，严重时甚至会化脓，所以日常的护理很重要，否则很容易因感染而死于并发症。）

（450）

欧阳佩娴凡事谨小慎微，事事都想做到圆满，道德感很重；反观上官佩娴，个性大大咧咧，得过且过，道德感相对薄弱。

这一天，欧阳佩娴开窗时，不小心让阳台上的小摆件掉落下去。她探头一望，不得了了，击中一位老人。她火速冲下楼，并且第一时间送伤者上医院。

老人的家人获知消息后很是气愤，他们团团围住欧阳佩娴，仿佛有不共戴天之仇。最后在居委会的调解下，由肇事者赔偿医药费七万二，这件事才算了了。

反观上官佩娴，她也不小心让阳台上的小摆件掉到楼底，当得知击中一位老人时，她火速关好门窗，并且第一时间躲进被窝里。

当物业上门询问时，上官佩娴露出无辜的表情，说："那个时间点，我正在家里睡大觉，你手里的小摆件，我见都没见过。"

由于找不到肇事者，法院判整栋楼（三楼以上）分摊医药费。

上官佩娴对此颇有微词，一户3000元，24户便是七万二，才破个头，至于吗？

（451）

实习医生小毕跟着医院领导一起下乡替孩子们检查沙眼，当看到那群天真活泼又可爱的小朋友时，他的心情无疑是愉悦的，可是……

"检查每位小朋友的眼睛前，医生的双手必须经过消毒，否则容易相互感染。"小毕对带队的领导说。

"消毒就别提了，我们并没有携带免洗消毒液。还有，这个村子长期干旱，水源非常匮乏，连正常用水都有困难，所以也别洗手了！"

小毕不敢相信自己的耳朵，这不是将孩童的眼睛卫生置于危险当中吗？

"不，这是不可以的，没有经过消毒，他们当中只要有一个孩子患上沙眼，其他孩子也会被感染，倒不如不检查。"小毕说。

见一时说服不了，医院领导对村长使了个眼色，村长便将毕医生拉到旁边讲话。讲话过后，小毕不再坚持己见，检查得以继续进行。

等医疗团队一离开，这个村子的孩童有一半以上都患上沙眼，卫生部因此下发阿奇霉素片，这玩意儿除了治沙眼外，还适用于敏感细菌所引发的上下呼吸道感染，对于皮肤和软组织感染、单纯性生殖器官感染以及由杜克嗜血杆菌引起的软下疳等也有疗效。

（452）

今天白琳因一件小事和邻居王奶奶吵起来，越吵越凶，引来看热闹的人。

"要我说，这就是妳的不对，晚上11点还烘衣服，当然会吵醒睡眠浅的人。"邻居姚大姐说。

白琳很少那么晚烘衣服，要不是明天着急穿，她也不会这么干。话说回来，谁规定晚上11点不能烘衣服？

"妳是谁？我烘衣服吵到妳了吗？"白琳反唇相讥。

"我是谁？"姚大姐扬起声，"告诉妳，路见不平，每个人都可以拔刀相助，像

妳这种低素质的人，就不配住在本小区
！"

然后的然后，白琳和姚大姐上演全武行
，从电梯口打到楼梯间。王奶奶也没闲
着，她逃回屋內，躲在门后瑟瑟发抖……

（453）

顾元敏是永兴出版社的编辑，某天，她收到陌生人的私信，对话内容如下：

"您好，请问贵出版社的稿费怎么结？"

"一年一付。"

"能不能快点儿？"

"呃？"

"好比先给钱。"

"没这个先例。"

"那么一年大概可以赚多少？"

"由市场决定。"

"没底薪吗？好比一个月五千，一年就是6万。"

"没有。对了，你的稿子完结了吗？完结的话请寄过来，审核通过再详谈。"

（以下沉默，至今已过去三个多月。）

（454）

某公司HR通知薛莹莹面试，时间就定在后天上午十点。由于自己的租处离该公司约有3个小时的车程，她问HR能不能改在下午面试？HR同意了。

过了几个小时，她问HR招聘广告上写着薪资待遇6000元～8000元，这是税前还是税后？还有，佣金怎么算？有没有提供员工宿舍？

"这些等面试时再详谈。"HR答。

"跑那么一趟远路也不容易，如果您能现在透露最好，方便我决定去还是不去。另外，我还想知道面试的交通费给不给报销？"薛莹莹继续问。

HR停顿了一会儿后，说："也许妳并不适合这个岗位。"

薛萤萤接连问了好几遍"为什么？"，都得不到答复，再后来更是直接被拉黑。

"小气鬼！我只不过要求报销来回的交通费，又没索要花在路上的时间耗损费。"薛萤萤满腹委屈地说。

（455）

有一个蚂蚁王国把蚁巢盖在大树下，数年来一直相安无事。某天，有人在大树旁挖了个鱼池，从此只要雨季来临，蚁巢就会淹大水，让蚂蚁们苦不堪言。

眼下最好的办法便是搬家，但没有蚂蚁敢提议，因为那代表得担责。

转眼二十多年过去了，这个蚂蚁王国已经更新换代无数回，也频频受水灾之苦，可是蚂蚁们依然坚守着，倒是鱼池主人没守住，他把鱼池填平后，进城打工去了。

这个故事告诉我们坚持就是胜利，可千万别做傻事啊！

（456）

自从Dylan的新婚妻子意外去世后，他一直郁郁寡欢，做什么都提不起劲，很快便丢了工作，目前靠救济金过活。

某天，他来到水族馆闲晃，如果不是有位老师正在向一群小学生介绍白鲸，他大概会错过。

"白鲸是鲸类王国中最优秀的'口技'专家，能发出几百种声音，包括人类的声音……"那个胖胖的女老师说，背后正有一条白鲸游来游去。

Dylan等那群师生走开后才靠过去，隔着一层玻璃，那条白鲸与他对视，清亮的眼睛让他联想起自己那已去世两年的妻。

"Jessica." Dylan边念爱妻的名字边抚摸，若不是有玻璃挡着，他应该可以触碰到白鲸的脸颊。

没想到那条白鲸立刻将脸紧贴玻璃，似乎在回应Dylan的呼唤。

从此，Dylan 天天向水族馆报到，为的就是看望那条被他命名为Jessica 的白鲸。

四个月后的某日，Dylan直到闭馆前三十分钟才进入。

"今天是我太太的忌日，我给她买了束花送过去。" Dylan 对白鲸解释，那样子像是怕情人吃醋。

没多久，即将闭馆的广播声响起。

"我得走了，明天再来看妳。"

Dylan 一说完，白鲸的眼里流露出不舍，他遂有了大胆的想法。

等馆内其他人都离去后，刻意躲藏起来的Dylan 才现身，他偷偷穿上饲养员的潜水衣，然后噗通一声跳进水里去。

啊！这真是激动人心的时刻，他俩在水里嬉戏、追逐，像一对真正的恋人……

"你想买白鲸？"水族馆的经理问Dylan。

"是的，多少钱？"

"我想知道你买下它会做何处置？"

Dylan 也想过这个问题，很明显他没有饲养的环境，加上白鲸的食量巨大，远远超出他的负担能力。

"我会将它放生。"Dylan 答。

经理很满意这个回答，所以给了骨折价——两百万美元。

Dylan没被吓跑，而是要求经理给他时间，经理答应了。

为了尽快筹到两百万美元，Dylan 干起了走私，结果出师不利，第二单就被抓。出狱后的他紧接着干，就这么进进出出监狱许多回，终于有一天赚到了想要的金额，他立刻直奔水族馆，然而……

"这不是Jessica，"Dylan停顿了一下，"我的意思是白鲸。"

"这正是你要的白鲸，当年它还是个宝宝，现在已经成年，当然看起来不一样。"

Dylan认识"Jessica"时，它的身长不过一米五，现在则翻了两翻，还有，它的皮肤颜色从浅灰变成纯白，个性也没有以前活泼，甚至有点儿拒人于千里之外的感觉。

"你还想买下它放生吗？"经理问。

虽然"Jessica"已不是记忆中的样子，但Dylan还是决定买下，这才不枉他曾经受过的苦难。

负责运送白鲸的是水族馆的饲养员，过去几年一直是她在照顾白鲸，离别时由她护送，再好不过。

当白鲸入海，激起一阵阵的水花时，Dylan终于长舒一口气，多年来的努力为的不正是这个？

"我替白鲸谢谢你！你做了一件非常了不起的事。"饲养员说。

"哪里，我很高兴它重回大海。"Dylan答。

"如果不赶时间的话，一起喝个咖啡如何？"她问。

"乐意之至。对了，忘了自我介绍，我叫Dylan。"

"幸会，我叫Jessica。"

"什么？"

"Jessica."

这个回答拨动Dylan内心里的那根弦，他猜想这次也许会发生些什么，谁知道呢？

今天小妮和新认识的朋友到超市购物，当看到蔬菜区的某个包装袋上印着"麦叔叔的野菜园"时，她兴奋极了。

"妳认识麦叔叔？"朋友问。

"不认识？"她答。

"那……"

"妳不觉得'麦叔叔的野菜园'一看就很有格调？想必品质也有保障。"

朋友欲言又止，最后把话吞下。

过了几天，小妮和这位朋友又外出，经过冰淇淋店时，朋友买了香草口味的，小妮看了半天，选了紫色的。

"妳的是什么口味？"朋友问。

"还不知道，"她舔了一口，"应该是紫薯的。"

"不知道妳还买？"

"这颜色看起来漂亮，吃起来肯定也差不到哪里去。"

朋友欲言又止，最后把话吞下。

这类的事多了，某天，朋友问她："妳为什么和我交朋友？"

"因为妳看起来人畜无害的样子，肯定是善类。"

朋友原以为是自己的个性和人品使然，结果还是败给了颜质。

（458）

小说家Lily因疫情宅在家里，她的冰箱里只剩3颗土豆和一包榨菜。心情欠佳的她，现在也只能寄情于写作，开头是这样写的：

2032年，地球。

许久未见的传染病又起，这次的**A**病毒来势汹汹，几乎涵盖整个地球，历经四年之久才彻底消亡。疫情结束后，有人做出统计，死于**A**病毒及其併发症的人数有两千万人，但死于自杀和饥饿的却高达三千万，小说家**Lily**正是这三千万死亡人数中的一个，死前仍笔耕不辍……

自从预测到全球变暖会引发毁灭性的大洪水，山姆国召集全国的顶尖人才，让他们制造出一个能飞离地球，并且在宇宙间航行一段长时间的飞行器，待洪水退去后再返回。

这批以格林博士为首的科技团队很快组织起来，他们日以继夜地工作，当飞行器即将造好（只剩最后一个步骤）时，大洪水已至。

"快！赶紧起飞。"国务卿说。

"不行，还缺900克的磷才能启动。"格林博士答。

"哪里有？"国防部长问。

"海水中有，但一打开大门，水会立刻涌进来将我们全部吞噬。"

一直沉默不语的总统此时开口了，他问除了海水外，难道没有其他的供应渠道？

格林博士沉默一会儿后，答："动物的骨骼内有。"

此话一出，死寂一片（飞行器只能容纳20人，这批政客怕到时候引起暴动，不久前才处死所有的科技人员，只留下格林博士。如今外面汪洋一片，而启动飞行器需要专业人员，断不能让格林博士丧命，这如何是好？）。

"你们不用纠结了，开飞行器并不难，只要按下驾驶室里的绿色键即可。"说完，格林博士纵身跳入助推器燃烧箱内，他身体的磷元素刚好符合所需的克数。

见有人主动捐躯，他们不用牺牲自己，这太好了，20位政客赶紧登上飞行器。当总统按下绿色键时，"轰隆"一声，飞行器果然起飞，他们全体欢呼起来，像胜利的呐喊，煞是好听！

几个月后，眼看粮食即将告罄，有人提议返航。

这个提议得到百分百的支持，只是当他们来到驾驶室时，发现除了绿色键外，其他颜色的键加起来总共有15个之多，到底哪个才是返航键？

经过投票，红色中选。当总统按下红色键时，"轰隆"一声，飞行器立刻解体，他们全体被抛出舱外，像四射的火花，煞是好看！

（460）

戴维斯教授在某所大学任教，班上的学生来自世界各地。某日，他对学生说："期末作业的题目自定，但必须涉及本国和他国。"

到了截止日，每位学生都及时上缴。他一一调出来检查，发现了一个有趣的现象，那就是从题目当中就能判断出作者来自哪个国家，以下列举其中的几个例子：

1、　《甲午海战后韩日中关系的演变》

2、　《日中白江口之战对两国的影响》

3、《论法英百年大战如何影响瓦卢瓦王室》

4、《由克里米亚的归属问题看乌克兰与俄罗斯之间的关系变化》

......

小玫与大东已经分手好几个月了，但他还是时不时来纠缠，譬如写一些感叹爱情逝去的小作文或者发一些自己委靡不振的视频，反正怎么让小玫糟心怎么来。

入秋后，大东忽然消失了近两个月，小玫正庆幸自己终于脱离苦海时，他又出现了，把小玫给堵在巷子口。

"这是我的未婚妻，我们很快会结婚。"大东说，旁边站着一个看起来有点儿畏缩的女人。

"什么时候？"小玫问。

"下个月。"他停顿了一下，"妳有没有什么话要对我说？"

"……祝你幸福。"她答。

几天后，小玫收到一束黄菊。众所周知，黄菊是用来祭奠死人的，但小玫一点儿也不在意，反而松了一口气（前男友咀咒她死，代表恨到骨子里，这事终于能画下句号）。

黄菊后来被小玫养在大口瓶中，直到完全凋零为止……

"**如**果妳把今天的事说出去，我会杀了妳的爸爸、妈妈和弟弟，听到了没？"

说话的是朱叔叔，因为一时落难，被雨霏的父亲收留，供吃供住，可是他却做出人神共愤的事。

半年后，这位披着羊皮的狼才找到工作搬出去，可是雨霏的恶梦并没有结束，因为男人会在放学的路上堵她，然后把她带进小旅馆内逞兽欲。

年纪渐长后，雨霏终于知道自己经历了什么，她有了羞耻感，也懂得反抗。

　　"听着，如果妳不听话，我会杀了妳的爸爸、妈妈和弟弟，听到了没？"朱叔叔再度恐吓她。

　　这次雨霏依然顺从，但书包里已藏好了一把刀……

（463）

Hans因为涉嫌在网上散布谣言，被提起公诉。

"你认不认罪？"法官问。

"不认。我所说的每一条后来都证实是对的，好比传染病即将大流行和随后引发的经济吃紧。"

法官沉默一会儿后，说："根据你的陈述，这的确不是散布谣言，而是故意泄露国家机密罪。依情节严重的程度，我判处你一年有期徒刑，若不服，十日内可提起上诉。"

"我……我……"Hans顿时五雷轰顶，连话都说不利索。

（464）

林英超和女友小芳之间的矛盾越来越多，他打算等完成手中这部戏的宣传活动就摊牌，谁能想到——他爆红了。

"关于这部戏，我已经问得差不多了，现在聊点儿八卦，你和女友什么时候结婚？或者有结婚的打算吗？"记者问。

答案就是没有、不可能、完全没希望，但林英超不能这么答，只能对着镜头含糊其辞带过。

这个反应让小芳有了危机感，她时不时给林英超施压，软硬兼施，好比昨天还温柔似水，今日便语带恐吓地说："听着，我跟了你近十年，为你堕胎过两次，你现在如果想甩掉我，我不介意鱼死网破，把你那点儿破事全抖出来。”

由于小芳越来越没有安全感，脾气也变得阴晴不定，林英超越来越害怕和她在一起，这形成了恶性循环，最终在某天爆发出来——他和小芳领结婚证了。

林英超是这样想的，最坏的状况就是离婚，让小芳带走一半的家产，这也好过自己的事业刚起步就结束（只要他红得够久，这点儿损失根本不算什么）。

然而他还是失算了，小芳那个一无是处的笨女人竟然出书，而且红得一塌糊涂，大有亿万作家的趋势。当某个制片人要他回家问老婆能不能把魔道祖师系列的电影版权让出来，代价是让他在剧中露个脸时，林英超有了危机感。

夜里，这个男人越想越不对，翻身抱住老婆，说：“听着，我跟了妳十多年，为妳戒烟过两次，妳现在如果想甩掉我，我不介意鱼死网破，把妳那点儿破事全抖出来。”

（465）

当Zoey打进全球女网排名前五十时，有人联系她代表河蚬国出战，条件是两百万美元的奖励，来日若获得前三甲，奖金另计。

河蚬国在体育界的表现一向平平，所以极需体坛明星的出现来凝聚国人的向心力。

Zoey考虑了一个下午就决定"倒戈"，白鹤国的人民感觉自己被背叛了，纷纷对她口伐笔诛。Zoey才不管这些，关了社交平台后，转身飞向河蚬国。

在代表河蚬国出战的十年里，Zoey的排名节节攀升，当拿到大满贯时，那简直是人生中的高光时刻，名和利齐齐向她飞来，她成了河蚬国人民的骄傲和偶像，可说是达到呼风唤雨的程度。

然而运动员的青春有限，当Zoey跌出全球女网排名前五十时，她做出了惊人的决定——把河蚬国护照换回白鹤国。

河蚬国的人民感觉自己被背叛了，纷纷对她口伐笔诛。Zoey才不管这些，关了社交平台后，转身飞回白鹤国。

在代表他国出战的十年里，Zoey在本国的名声臭了，但白鹤国还是不计前嫌地接纳她，毕竟有个亿万富豪回归，多少能带动国内经济，比起那些碌碌无为的人，可要实用很多。

（466）

Kobin因为发表反政府言论而被抓，但他依旧没意识到自己的错误，逢人就散布他的反动思想，让典狱长很恼火，下令手下要好好"教育"他。

当Kobin被打得死去活来时，一位狱友替他处理伤口，并把自己节省下来的口粮留给他吃。

"谢谢！你是个好人。"Kobin说。

"别跟自己过不去，有句话'留得青山在，不怕没柴烧'，只要佯装听话，很快就能出去。"狱友答。

"政府杀了我的家人，我反正已经将生死置之度外，所以不介意让天下大乱。"

狱友问政府为什么要杀他的家人？于是Kobin把前因后果都交待了，包括那个曾经试图阻止灭门惨案发生的恩人。

过了几天，一位叫Jimmy的人被抓了进来，他看向Kobin，满脸怨恨。

Kobin转身想找狱友问清楚，可惜再也找不到，倒是狱警里有个人看起来似曾相识，当他对Kobin微笑时，Kobin不寒而栗……

（467）

Eleana是赛洛国的公主，从小接受严格的宫廷礼仪训练，知道如何表现出优雅的体态和合宜的谈吐，就算一只老鼠突然出现，她也不会惊慌失措，而是以不急不徐的语速告诉身旁的侍女："Alice，麻烦将这位不速之客请走，谢谢！"

谁也没料到一向平静的赛洛国后来会卷入战争，并且兵败如山倒，导致Eleana不得不与家人一起乔装逃亡。在潜逃的过程中，王室一家遭遇了背叛，随从们把所有值钱的东西全带走，以前高高在上的一家瞬间变穷了，这个落差让国王和王后一夜白头。为了活命，他们开始变卖身上的首饰，但乱世里根本卖不到

好价钱，终于到了一分钱都没有的地步
。

"父王，母后，你们别担心，孩儿自有
办法解决温饱问题。"Eleana公主说。

后来人们在集市里看到一群卖艺人，模
仿起王室成员惟妙惟肖，像真正的贵族
……

小玟在咖啡店喝咖啡时，坐在隔壁的外国人用怪声怪调的普通话问她："妳是不是结婚了？"

"没有，你为什么这么问？"

"因为妳戴着戒指。"

小玟的左手无名指上戴着一枚彩宝戒指，买它纯粹因为好看，没有特殊意义。

"在中国，女人把结婚戒指戴在右手的无名指上。"小玟解释。

那个外国人告诉她——西方国家流行把婚戒戴在左手的无名指上，男女都一样。

因为婚戒这个话题，小玟认识了来中国学习汉语的法国人Rajiv。由于相谈甚欢，他们相约待会儿一起吃寿司，那是Rajiv最喜欢的食物。

小玟不喜欢吃生冷的东西，但她没说反对的话。

等他们从寿司店出来后，Rajiv又约她小喝一杯，地点就在他家。

第一天认识就到男孩子家，小玟感觉很不妥，但为了不拂他的热情，小玟还是去了，可是一进到公寓内，Rajiv就动手动脚，让小玟脸色大变。

"你不来？"他问。

"我认为我们的关系还没好到那个程度。"

然后Rajiv放开她，径直走向卧室，留小玟一个人在客厅内。

小玟走也不是，不走也不是，杵在那里无所适从。

十几分钟过去后，Rajiv走了出来，当看到她时，很讶异地问："妳怎么还没走？"

"你难道没有话对我说？"小玟很委屈地反问。

Rajiv想了一下，答："在我的国家，如果没有提供性服务，不需要付费。"

听完，小玟气得捶打他一下，然后夺门而出。

怪病肆虐，简博士及其团队已经花费两年多的时间在研发新药上，眼看就要成功，没想到噩耗传来。

"为什么？"简博士问。

"因为你的效率太令人失望，所以国家指派由我接管。"张博士答。

简博士和张博士一直有瑜亮情结，暗地里较劲已经不止一回。

"连同我的团队一起接管？"简博士又问。

"没错。"

这是明目张胆地剽窃别人的辛苦成果（简博士可以想见几个月后新药上市，张博士成了大功臣，甚至留名青史）。

简博士意气消沉地回到实验室，他有半小时的时间收拾东西，然后再也无法回到这里。

思来想去，简博士把手伸向电脑，那里有所有的研究数据……

（470）

传染病大流行，所有人都被禁足在家，物资缺乏成了大问题。

吉冈一郎顶着被传染的风险发起团购，每天早出晚归，结果没多久就进了看守所，罪名是哄抬物价。

"两把青菜、一根胡萝卜、几个干瘪的苹果就要了我5000日元，这不是强盗行为吗？"仲间真希为自己的告密行为辩解。

"杀鸡儆猴"的结果，现在无人做团购，仲间真希被网暴到重度抑郁，但无人同情她。

（471）

苏蔫汐15岁就中了秀才，被誉为神童，然而接下来的举人之路却很坎坷，直到五十多岁还在奋战，成了全村的笑柄。

这一天，几个红衣官人骑着马来报喜，原来苏蔫汐中了举人。

这个好消息让苏母老泪纵横，总算是盼到了，也不枉费这几十年来的苦苦坚持。

当乡亲们纷纷登门道贺，苏母还没来得及换身好点儿的衣服见客时，苏蔫汐……疯了。

刚开始，大家以为这是欢喜疯，没多久就会恢复正常，所以依然送来喜钱和礼

153

物，几个有待嫁闺女的人家甚至上门求婚事，可是几天过去后，新科举人依旧疯疯癫癫，情势立刻反转。

"老夫人，我上回送的鸡太小，不成敬意，容我拿回去，等养肥了再送过来。"佃户陈氏说。

这还是比较客气的说法，多数人直接上门讨要，一点儿羞色也无。

"儿呀！好不容易盼到你中举，你却疯了，为娘的怎么就这么命苦？"苏母边说边掉眼泪。

也不知是不是上天怜悯，苏蕹汐渐渐安静下来，不再疯言疯语，几日过后，竟然好了，看起来与常人无异。这下子散去的人群又聚集起来，被讨要回去的喜钱和礼物重新回到苏家。

"老夫人，上回的鸡养肥了，连同生的蛋都被我一并送过来，您请笑纳！"佃户陈氏涎着脸说。

（472）

庄惜海是一名脑瘫患者，从小他就知道自己不一样，这个"不一样"让他时不时思考起自己存在的意义，可惜总是想不通透。

某天，他摇摇晃晃地上街去，和往常一样，路人多半会刻意移开目光，但他还是看到了几双怜悯的眼神。

"不，我不需要你们可怜我。"庄惜海边想边加快脚步离去，结果一个不小心，跌成了狗吃屎。

一个女孩立马跑过来，很关心地问："你还好吗？让我扶你站起来。"

庄惜海嘴里答不，但女孩还是助他一臂之力。

"谢……谢谢……妳。"庄惜海说。

"不客气。"女孩把眼睛笑成弯月形，"看你走得这么急，我就知道一定会出事，以后记得走慢点儿喔！"

因为这句话，庄惜海又开始思考起自己存在的意义，这次他有了比较清晰的思路——也许他的存在是为了激发人们的慈悲心，好比上帝埋下的雷，用来炸开每个封闭的心灵。

这个想法解开了庄惜海多年以来的心结，以前他总要怀疑自己上辈子做恶多端，所以这辈子受苦受难，现在不一样了，他翻身成了上帝的使者，身份上的转变可不是一星半点。

看倌们，想想你们的身边可有这样的使者？如果遇到了，请记得告诉他们这则故事，因为使者有时会忘记自己的高尚使命，反而低到尘埃里……

（473）

大学时期的好友结婚，沈舒雅当然不会错过，为了表诚意，她还包了2888元的礼金，这个金额对于入职才一年的人来说，算是大手笔的了。

等婚宴一结束，每位来宾都收到新人准备的回礼，比较特别的是礼盒有大有小，上面还分别标上名字，仿佛怕有人拿错似的。

回家后，沈舒雅立即拆封，有种开盲盒的喜悦，可是……

"怎么是小瓶装的沐浴露？虽然一年多未见，但在校期间我俩的交情可好了，何况我还包了2888元的礼金，这……这未免也太寒酸了！"沈舒雅心想。

过了几天，沈舒雅和新娘子小芹的共同朋友陆续晒出结婚回礼（有的拿到叉勺；有的拿到饼干；有的拿到咖啡粉；有的……），虽然都包装得非常漂亮，但改变不了"礼轻"的事实。

"其实小芹待我还是挺好的，送的是欧诗丹的沐浴露，听说这是法国最好的牌子。"沈舒雅心想。

（474）

为了让别人高看他一眼，江学波买房买在本市最高档的小区，考虑到采光问题，他避开低层和朝向不好的房，这让他的房贷压力又加大了。

说起江学波的经济状况，他的月收入一般，手里的现钱也不多，但经过贷款公司的乔装打扮后，成功贷到款，他不禁欣喜若狂。

江学波事后回想，在买房这件事上所得到的快乐就那么短短几天，因为"掏空家底"后，他已无力装修，只能住在毛坯房里，家具还是克难式的。还有还有，当初买房考虑到采光，现在为了还房贷，上班以外的时间都拿来跑外卖，每天不到三更半夜不回家，所以采光好不好已经没什么差别。

这一天，他经过公司的茶水间，里面传来说话声，他不由自主地停下脚步。

"听说江学波那小子在百合小区买房了。"

"真的假的？"

"反正人事那里的地址是这么写的。"

"呵！凭他那点儿工资，怎么买得起呦！"

"也许人家是富二代也说不定。"

"拉倒吧！富二代身上都有贵气，哪像他，一身的穷酸气。打个赌，我猜那房子是租的，而且还是群租，这才解释得通。"

……

那天下班后，江学波破例没去送外卖，而是联系中介。

"喂，我是百合小区A栋1203的业主，我想挂房出售，55平米，12层，朝向好，采光佳，价格好商量……"他说。

"喂，我是百合小区A栋1203的业主，我想挂房出售，55平米，12层，朝向好，采光佳，价格好商量……"他说。

陈市美来自农村，家境贫寒，18岁便在父母的安排下与同村女子秦湘莲结婚。由于年纪轻轻便成了家，陈市美羞于启齿，到大城市读书和就业时，对外皆以未婚自居。事实证明这个决定是对的，如果不是未婚的身份，他不可能与老板的女儿赵还钰订婚，并且即将走入婚姻殿堂。

"市美，我们都要结婚了，倘若你的家人还像订婚宴一样无人出席，这不挺奇怪的？"他的未婚妻说。

"我的亲戚全在美国，如果请了这个，不请那个，多不好意思，可是若全请，他们分别住在不同的州，光是机票和酒店钱就是一大笔开销，我宁愿把钱省下来做更有用的事。"

"别人不参加没关系，但你父母总得参加吧？！我又不是嫁给孤儿！"

陈市美本来还想找理由推脱，但看自己的未婚妻嘟着嘴，一副不满意的模样，他心想"丑公婆早晚得见媳妇"，若到了美国，岂不是更难找到借口？于是改口会让自己的父母从美国飞回来参加婚宴。

到了婚宴那天，陈市美的父母果然现身（父亲气宇轩昂，看起来像个成功人士；母亲气质绝佳，颇有大家闺秀的风范），如果不是那个乡下女人"扶老携幼"地出现，这场婚宴堪称完美！

"市美，他们是谁？"新娘子问。

"我不认识。"陈市美气急败坏的，"保安在哪里？还不快把这些人带走！"

陈市美的父母和妻儿后来被几位保安很粗鲁地带走，婚宴继续进行着，但已经没有原来的和谐与美好，每个人都各怀心事。

夜里，陈市美在婚房內向自己的妻子下跪，很掏心掏肺地说："钰，如果不是太爱妳，我何苦步步为营？今天妳看到的老人的确是我的父母，但那个黑瘦的女人却不是我法律上的妻子，我和她没领结婚证。"

"那个孩子呢？"

"那是酒后冲动的结果，放心，他会永远留在乡下，不会影响到我们的幸福生活。"

就这样，在生米已经煮成熟饭和新婚老公的再三保证下，赵还钰接纳了既定事实，然而事情还得解决。

陈市美后来给乡下家人盖了栋新房子，并且按月给家用，从未间断过。那个"被休了"的秦湘莲也逐渐接受自己的宿命，咬牙把家撑起，心中只有一个盼头，那就是照顾好老小，等儿子长大了，她也就苦尽甘来……

故事中的陈市美和戏曲里的陈世美一样渣，但前者安然无恙，后者却被包拯给送上龙头铡，差别在于有没有把人给逼急了（逼急了，兔子还咬人呢！）。

苗爷爷是这个偏远村庄的手艺人，他擅长制作人偶，人们总能见他一天到晚地忙活着。

"苗爷爷，昨天你还在做男宝宝，怎么今天换成女宝宝了？"邻居龚琳玉问，她嫁到这个村子还不到一年。

"男宝宝做好了，已经卖了，所以今天开始制作女宝宝。"

"卖了？怎么没看到买主？"

苗爷爷做的人偶如真人般大小，若真卖了，起码也得有人上门取才是。

"昨天夜里取走的。"苗爷爷用力咳嗽两声，"我感冒了，妳还是离我远点儿，免得被我传染。"

龚琳玉边嘀咕边离开，她的睡眠浅，昨晚可没听到任何不寻常的声音。

几个月后的某日，苗爷爷突发心脏病去世。村干部上门整理遗物时，发现了屋内的人偶。

"这是苗爷爷生前做的最后一个人偶，我也是第一次看到成品。"邻居龚琳玉忽然现身说。

"要不……妳拿走吧！"村干部说。

龚琳玉心想既然苗爷爷的作品能卖钱，兴许她也能发笔小财，于是接收了，只是这个女宝宝的嘴唇发白，看起来很不美观。

听龚琳玉这么一说，村干部在屋内搜寻了一下，不一会儿便发现红色涂料，拿它涂在人偶的嘴唇上，这下子顺眼多了。

当村干部忙着"涂口红"时，龚琳玉发现他的右手食指上有个花生大小的胎记。

"你的右手食指上有个胎记，我爱人也有。"她说。

"据我所知，这个村子的每个人都有同样大小的胎记在同一个位置上。"村干部答。

"是吗？"

话甫歇，龚琳玉把眼光落在女宝宝的右手食指上，那里也有一个花生大小的胎记……

（477）

老婆：今天我看到一则新闻，是真人真事，有个男人半夜爬起来把家里仅存的3O个水饺全煮了吃，也不管疫情期间被管控，购物变得很艰难。

老公（內心独白）：这绝对不是重点，接下去听。

老婆：我还看到另一则新闻，也是真人真事，疫情期间封城，家里只剩两包泡面，结果男主人泡了两碗，一碗给自己，另一碗给老婆和儿子。这还不是最离谱的，最离谱的是那男的吃一包半，他老婆和儿子分吃O.5包。

老公（內心独白）：这依然不是重点，接下去听。

老婆：那个和儿子分吃0.5包泡面的女人说她以前柔情似水，但现在动不动就破口大骂，难道她愿意？把女人逼疯的向来都是绝顶自私的男人。告诉你，如果你还像从前那样对我，我绝对……

老公（內心独白）：这才是重点，不用接下去听了。

（478）

刘亚易一进大学就定下一个伟大的目标：非校花不追。

他剑及履及，第一个落入他眼里的是大三学姐，她已经蝉联两届本校校花。

在一番死缠烂打下，目标物被他收入囊中，此时重头戏来了。

"最近你老不见人影，怎么回事？"校花学姐问。

"实话告诉妳，家里为我定了一门亲事，我正愁不知如何向妳开口。"

"意思是我被甩了？"

"妳也可以说是妳甩了我，只要妳开心，怎么说我都无所谓。"

校花学姐给了刘亚易一个大耳刮子，然后扬长而去。

你以为刘亚易就此收手？才不呢！大学四年里他故技重演，对象直指学校周边的几所大学，少数几位还是异地恋。

每个被甩的校花都宣称是自己甩了刘亚易，刘亚易从不拆穿，最大限度地保护住她们的面子。说起来，这小子还挺上道的。

转眼四年过去了，拿到学位的刘亚易进入家庭企业工作，一年后与百代餐饮集团公司的太子女成婚。婚宴上，体重近两百斤的新娘笑得灿烂，而新郎的表情却相当复杂，像是从容就义的勇士……

（479）

这次的总统候选人有三位：布莱克、加西亚和琼斯（前两位势均力敌，第三位则差点儿意思）。

别看琼斯处于下风，但他斗志高昂，不仅勤走基层，辩论会上的表现也可圈可点，渐渐的，他的支持率上来了，达到 12%。谁知道此时的他却选择退出竞选，转而和家人飞往马尔代夫度假，临上机前，有记者问他对这次选情有何看法？

"布莱克和加西亚都是杰出的政治家，不论哪个当选都是国家的福气。"他答。

两个礼拜后，投票结果出笼——布莱克胜出，他和加西亚的票数只相差五百多票。

布莱克上台后，马上任命加西亚为国务卿，琼斯为劳工部长（这两人又各自带着自己的团队走马上任）。

这才是高端玩家的玩法！

（480）

石头国是第一个支持"地球是方的"的国家，这个理论已经相传好几百年，一直无人质疑，直到流水国的科学家提出"地球是圆的"，并且获得大多数国家的认可，石头国才陷入空前未有的信任危机。

"地球是方的，这个无庸置疑。"石头国的国王说。

"可是……"

宫相还未表态完毕，石头国的国王便阻止他发言，再次强调"地球是方的"，现在该做的是让全民接受这个理论，如此而已。

当所有的国家都认为"地球是圆的"时，石头国仍坚信"地球是方的"，没办法，头洗到一半，怎么也得继续洗下去，否则就等着被笑话！

（481）

Barbie下机经过海关时，红头发的海关人员问她那瓶无色液体是什么？

"那是我在巫术市场买下的药水，听说能让人听命于己。"她答。

"抱歉！这是违禁品，我得没收。"

"怎么就违禁了？它既不是毒品也不是毒药，如果有任何问题，早被禁止售卖了。"

海关人员还是摇头，Barbie只好放弃争论，乖乖上缴。

这位一丝不苟、不讲情面的执法人员叫Laura，她和有妇之夫Kyle已经秘密交往五年，可是一直无法扶正，听说那瓶药水的神奇功效后，她暗中把"违禁品"带回家。

几天后，Kyle来家里幽会，Laura悄悄地把药水倒进红酒里，哪知她最爱的男人喝完后忽然腹痛如绞，她赶紧叫来救护车。

当警察讯问她时，Laura意识到说实话会丢工作，只好佯称药水是自己托人从巫术市场买来的，为的是让爱人能够更加爱她。

法官后来判Laura过失伤人，除了承担所有的医药费之外，还得做200个小时的社区服务工作，而更加悲催的是Kyle在得知"真相"后，立马与她划清界限，转身投向自己的老婆。

"你知道错误就好，不过我的原谅只有一次，倘若你再和那个女人藕断丝连……"

话还没说完，迷途知返的男人便答："放心，我绝不会再和女巫有任何联系。"

夜里，Kyle的老婆躲进厕所内，当另外一半的费用也付清时，她立即拉黑对方，无一丝犹豫。

（482）

妮可的家族背景十分显赫，爷爷经营有名的花系列酒店，父亲管理对冲基金，属于祖业强大一族，偏偏妮可不按理出牌，老做一些让家族蒙羞的事，气得她父亲多次因血压骤升而入院。后来听从他人的建议，这位心力交瘁的男人出资让女儿拍电影，心想有个事业忙，她就不会到处惹事生非，结果错判了，带资进组的妮可拍到一半就罢演，反而与认识不到两个月的小男友拍性爱视频去了。

"妳到底是怎么想的？非得让我这张老脸挂不住才开心吗？"她的父亲质问。

"没错，你越羞愧，我越开心；你十分羞愧，我十分开心。"妮可答。

她的父亲气得一巴掌甩过来，结果被妮可给空中拦截。

"听着，我不再是那个任人摆布的小女孩，当年你所犯下的恶行，我将以同等的恶行奉上，否则无法向你致敬。"妮可愤恨地说。

现在上到达官贵人，下到贩夫走卒，只要花上几美元就能看光史密斯家族惟一女继承人的赤裸胴体，还有比这个更加羞辱的事吗？然而即使妮可的父亲将市场上的所有碟片全买光，没多久又会有新碟片出来，买的速度根本赶不上拍的速度。

"我放弃了，她想干啥就干啥，我权当没这个女儿！"妮可的父亲说。

"你……"妮可的爷爷停顿了一下，"你是不是对她做了那件事？"

妮可的父亲沉默了一会儿后，答："我对她做的事跟你当年对我做的事一模一样，我这是在向你致敬。"

然后长长的叹息声传来……

也只有这时候，寻常人才能感觉到一丝的公平，原来豪门家族也有一堆破烂事（也许更加不堪）。

（483）

怪病来袭，被传染上的人会不停地跳舞，直至身体机能耗尽为止。

"总统，这可怎么办？"与会高官问。

总统思考了一下，决定射杀染上怪病的人，借以掐断传染源。

"可……可是他们还活着呀！"卫生署署长说。

"他们的存在会引起民众恐慌，同时还会传染给别人，两害相权只能取其轻了。"总统辩解。

当代号为"清零行动"的命令一出，所有染上怪病的家庭纷纷关上大门，警察不得不强行闯入，顿时枪声、哭喊声四起，惨绝人寰也不过如此。

这一天，总统接到女婿的来电，语气相当急躁。

"出了什么事？"总统问。

"你来了就知道。对了，请一个人进来，别带保镖。"

总统立刻赶往，同时命令保镖守在门外。

进屋后，总统看到一个不停跳舞的女人，眼神带着惊恐，嘴里喊着："爸，救我！"

总统心如刀割，想上前拥抱却又害怕被传染，内心很是纠结。此时，敲门声响起。

"总统先生，警察正在做例行检查，请开门。"门外的保镖说。

总统曾下令任何人不得拒绝警察的检查，有违者，可破门而入。

毫无疑问，总统陷入两难之中。考虑过后，他走出屋外，果断地告诉警察："里面无人得到怪病。"

"可是……"

"你知道我是谁吗？你对我所说的话有任何疑问吗？"

最后警察摸摸鼻子走人。

"听好了，"总统对保镖说，"你们守住这个门，任何人都不允许进入，直到我取消'清零行动'为止。"

（484）

Jesse在沙漠中遇到一个小男孩，她问："你叫什么名字？为什么会在这里？"

"我叫Ned，之所以在这里是为了遇到妳。"他答。

后来Jesse把小男孩带回家，供吃供住，等大一点儿时，还供他上学。

某天，Ned说他要去一个很远很远的地方，再也不回来了。

"我对你不好吗？"Jesse问。

"妳对我很好，但时间到了，我得走了。"Ned答。

183

其实当年沙漠中的小孩不止一位，Jesse
也不明白为什么独独挑中Ned，也许这
就是缘分（想必当年挑中自己的女人也
是这么想的）。

（485）

听说运动能延长寿命，张琦遂游说自己那个四体不勤的老公和她一起动起来。

"妳看每天运动几小时合适？"她的老公问。

"早上一小时，傍晚一小时，我看足够了。"张琦答。

"也就是两小时？那相当于一天当中有 1/12 的时间拿来做运动，嗯……"张琦的老公做沉思状，"我不知道此举能否延长寿命，但首先就浪费掉我 1/12 的生命，风险太高了，我看还是免了吧！"

张琦很想说些什么，却发现无法反驳，只能摸摸鼻子走开。

（486）

丁总是超级富豪，为了延长寿命，一年换血四次；小兆不一样，为了了结性命，一年已自杀四回。

想想也没什么不对，好比打麻将，向来都是顺风顺水的人想继续玩；时运不济的人想收手；运气不上不下者且走且有风（若是不走，一世也无风）。

（487）

景和最近有发热、乏力、咽痛、腹泻、体重下降等症状，经过一连串的检查后，医生宣布他染上艾滋病。

听完，景和五雷轰顶，怎么也不肯相信这是事实！

时间往前推半年，景和在网上认识了一个叫菊之丞的日本人。

"你真的叫菊之丞？"景和兴奋地问。

"如假包换。"那人答。

景和喜欢看日本漫画，尤其喜欢《航海王》里那个外表像女人，实则为男人的剑士——菊之丞。

因为这层关系，他俩在网上谈得极好，只是后来渐渐变了味，往网恋的方向发展。

有一天，景和问菊之丞是否也像漫画里的人设一样（外表是女的，实则为男人）？

"你来日本见我，不就知道了？"菊之丞答。

景和刚好攒了年假没用，当下便约定年末见面。

他们两人的第一次见面在成田机场，景和第一眼便沦陷了。

"看到真人，你有没有失望？"菊之丞问。

"没有，妳比漫画里的菊之丞还要漂亮。"他答。

接下来他俩在东京度过一段美好时光，像真正的恋人一样。戳破那层窗户纸是在景和即将飞回国内的前一天晚上，这是景和的第一次，却不是菊之丞的第一次。

次日，当阳光洒进屋内时，景和踌躇该不该给钱？后来还是给了，因为他宁愿这是场交易，两人从此再无瓜葛……

“你一时难以接受可以理解，”那个戴眼镜的医生说，“当下最要紧的是马上进行治疗，同时我们也需要对你的性伴侣做检测。”

“没有所谓的性伴侣，我的第一次给了‘小姐’，她是居住在日本的性工作者，查起来有难度。”景和答。

其实景和的第一次并没有给“小姐”，而是给了“先生”，但回答“小姐”的压力会小点儿（虽然一样上不了台面）。

（488）

有个国王发布命令："从今天起，所有农户一天只吃一顿，时间定在太阳下山后，有违者，关大牢！"

大臣们面面相觑，最后宫相开口了："陛下，我等愚昧，请明示这条命令的用意。"

"如果大家都少食，农民就无需多耕种，省下来的时间可以用来享受生活，而之所以规定在太阳下山后，那是因为这个时候的温度正好，伴着晚风吃饭，多惬意！"

话一说完，每位大臣的脸上露出迷惑的表情，但只一会儿的工夫便换上另一张面孔，纷纷赞扬国王的睿智。

新命令一公布，农民们苦不堪言，他们需要体力才能工作，长时间的空腹和突然的暴饮暴食让农民的胃都出现大小不等的问题。主要劳动力的大人们尚且如此，小孩和孕妇就更别说了，哀嚎声四起。

新政执行过一段时间后，国王决定下乡巡视，所到之处一片祥和。

"一天吃一顿，过得是不是比以前好？"国王问其中一位农民。

"是的，陛下。在您的英明指导下，我等愚民过着富足安康的幸福生活。"该农民毕恭毕敬地答。

国王很满意这个回答，正要离开时，一名孩童冲出来挡住国王的去路。

"我妈妈大肚子，她需要吃的，我也饿了。"孩子说。

"误会，误会。"村长赶紧捂住小孩的嘴，"这个孩子有精神疾病，会胡言乱语，请陛下见谅。"

国王松了口气，原来是个小疯子！

"没事，我怎么会跟一个病人计较？"国王表现大度地说。

巡视过后，国王更坚定自己的决策没错，既然这样，何不普及？

"从今天起，上至达官贵人，下至贩夫走卒，一天皆只吃一顿，时间定在太阳下山后，有违者，关大牢！"国王说。

这下子大臣急了，一个接一个地跳出来反对，眼看国王的脸色越来越难看，体重至少两百斤的宫相选择站在国王这一边。

"我认为这条新命令太好了！既然好，怎么可以漏掉国王？国王也应共享美好生活才是。"他说。

国王想想也对，遂把范围扩大到每个人，包括他自己和后宫佳丽。

新命令颁布后，仅一天的工夫便撤回，原因已无人追究，倒是人民自主来到王宫前，大喊："国王万岁、万岁、万万岁。"

此时的国王感动得无以复加，他终于深刻地体会到自己有多受人民爱戴！

（489）

钱璐璐在朋友圈里发布家里狗子的照片，获得一致好评，大家纷纷吹起彩虹屁。

看反应良好，钱璐璐又陆续发了好几张，可是却没有第一次来得热烈，于是她改发视频，这一次虽然激起水花，得到一些赞美，但还是达不到第一次的盛况。

心灰意冷下，钱璐璐停止发布任何有关狗子的消息。

某天，她做了一道西红柿炒鸡蛋，随手发到朋友圈，结果获得一致好评，大家纷纷吹起彩虹屁。

看反应良好，钱璐璐又陆续发了好几张，可是却没有第一次来得热烈……

总结的经验是——第一次最香，接着每况愈下，所以最佳状态便是经常保持神秘感，这样偶尔一出手才能博得满堂彩。

（490）

泰莎惟一的儿子入狱，她每天茶不思饭不想，沉浸在无穷尽的悲伤之中，直到国王将到庙宇上香祈福的消息传来，她才又有了精神。

那天，泰莎起了个大早到庙里守候。僧人赶了她几次，要她站在黄线外，泰莎嘴巴应允，不一会儿的工夫又溜进庙内。

当国王进到庙里时，随行保镖以为泰莎是寺庙的工作人员，所以没有驱赶她。就在国王上完香之后，泰莎一个箭步冲上来，给了国王致命的一刀。

次日，国王的死讯传来，举国震惊。

根据这个国家的惯例，国王仙逝必有特赦，通常会减刑1/2。如此算下来，泰莎的儿子出狱时差不多34岁，还可以有个美好的未来，至于杀人犯泰莎……她早将自己的生死置之度外，只要儿子的黄金岁月不在牢里度过，怎么样都行。

（491）

刘知县害死姚玉兰的父亲，她一直想报杀父之仇，可是她只是一名弱女子，如何能办到？

思来想去，她决定去求地方上的恶霸——董大昌，只要他肯杀了刘知县，什么条件都答应。

"嫁给我也行？"他问。

董大昌不仅坏事做尽，还到处沾花惹草，这样的人怎能委身下嫁？但姚玉兰管不了那么多，只要能杀死刘知县，再大的代价她也愿意付。

谁能想到董大昌在占有了姚玉兰之后却迟迟没有行动。

"你不是答应我要杀了刘知县吗？"姚玉兰问。

"杀人得偿命，何况杀的还是地方官，妳当我傻？"

姚玉兰气不打一处来，讽刺他说大话，没那个本事，却画了好大一个饼，丢不丢人？！

"既然妳提起，那我挑明了说，妳这是以小搏大，利用小成本让别人代妳去死，说到底，妳才是最恶劣的那一个！"

姚玉兰面红耳赤，因为这的确是实情。

"就算我以小搏大，你可以不答应呀！为什么要骗我？"说完，她声泪俱下。

"有便宜不占，妳当我傻？"

这个回答彻底激怒姚玉兰，她拔出头上的发簪刺向董大昌。董大昌一个闪躲不及，当场血流如注，没多久便没了声息。

姚玉兰吓坏了，怎么自己就成了杀人犯？

想到米已成粥，横竖死路一条，那还有什么好顾忌的？于是直接杀到县衙里……

"冲动"这个家伙给了姚玉兰勇气，但如果没有"无退路"的帮忙，恐怕还杀不了刘知县。说穿了，只要"冲动"和"无退路"两兄弟一联手，就算绕指柔也能化为百炼钢。

（492）

总理向国王报告监狱人满为患，国王沉思了一下，答："再过几天就是父亲节，借着这个节日，我大赦天下吧！"

国王是这个国家的父亲，父亲原谅犯错的孩子天经地义。

经过这轮大赦，约有3万名囚犯获得赦免出狱。

父亲节过后没多久，总理又向国王报告监狱人满为患，这次国王以母亲节的名义大赦天下。

直到所有的节日都使用完毕，总理仍抱怨监狱住不下，国王这才意识到不对劲，问："按理说，我释放的犯人起码也有好几十万人，怎么还是不够住？"

"陛下，您的恩泽也普及死刑犯，当死不死，甚至经一连串的减刑后出狱，而这些重刑犯出狱后再犯的机率颇高，陷入了一种死循环。"

国王思考了一下，决定反其道而行，借口自己的手指被划伤（此乃凶兆），下令加重服刑人员的刑罚。

此令一出，所有的死刑犯当日被处死，而30年以上刑期的罪犯则全上了死亡名单，只给予1至5天的缓冲时间。

从此，人民时刻关心国王的安危，生怕一个不小心，良民也成阶下囚。

盼芙的时尚品味颇佳，总能搭配出最合宜的穿着，一帮富太太们老怂恿她开店。

"开什么服饰店呦！"盼芙端起骨瓷咖啡杯小呡了一口，"我每天忙着享受生活都来不及，如果当起职业妇女，晓风第一个不依，他曾不止一次告诉我——家里的钱三代都花不完，千万别累着自己。"

说这段话时，盼芙无疑是幸福的，别的男人说"我负责养家，妳负责貌美如花"多半是谎言，但盼芙的老公做到了。

谁能想到信誓旦旦的人有朝一日也会被野花所吸引，并且严重到夜不归宿。

"妳想怎样？"盼芙的老公问，一点儿愧色也无。

"我想离婚！"

"妳可想好了，我俩是签过婚前协议的，倘若离婚，妳只能拿走六百万元。"

盼芙心想六百万就六百万，正好利用这笔钱开个服饰店，凭那批富太太们的消费能力，兴许第一个月就能将本金赚回，于是果断点头。

离婚后，盼芙干劲十足，一心扑在服饰店上，她甚至幻想以后开放加盟，把品牌做到上市，别一别前夫的苗头。没成想第一天开业，富太太们一个也没到场，连礼貌性的花篮都没送。

望着空荡荡的店面，盼芙的心拔凉拔凉的。

经过数回的天人交战后，盼芙拨打赵太太的电话，铃声响了好几声，对方才接听。

"盼芙，恭喜妳的第一家门店开张，祝妳事业兴荣、发大财呀！"赵太太说。

"谢谢！"盼芙停顿了一下，"我以为妳今天会来。"

"忙，得接送孩子上下学。"

这个回答听起来很敷衍，送孩子上下学并不需要一整天。

"现在是下午两点，离放学时间还有一小段，妳何不到我的店里看看，都是新货呢！"

"改天吧！今天我嗓子疼，咳咳咳，不说了，省得嗓子更疼，拜了！"

盼芙喂了好几声才确定对方已挂机。

她不信邪，又一一联系其他富太太，得到的结果不是不接听，就是传来"电话暂时无法接通"的提示音。

"这么一对比，赵太太还算有情有义。"盼芙苦笑着说。

（494）

以琴家境富裕，人长得美，脑子还灵光（后来考进了长春藤名校），可说是被上帝眷顾的人……

"以琴正和一位哈佛大学毕业的富三代交往，两人极可能走入婚姻殿堂。"易蓉告诉水彤，她们是以琴的高中同学。

水彤很嫉妒，怎么所有的好事都给了以琴？

"我还听说……"易蓉压低声音，"以琴挂科严重，很可能会被学校退学。"

"真的假的？"水彤问。

"不清楚，反正流言是这么传的。"易蓉答。

这个流言后来传得沸沸扬扬，可是事件的主人翁以琴却从不辩解，水彤便认定她心虚——肯定是被退学了，所以才不辩解。

两年后，以琴和富三代修成正果，据说婚礼上冠盖云集，连美国总统都出席了。

"富三代的眼睛瞎了不成？竟然娶一个被退学的女人。"水彤心想。

这个想法多少让嫉妒者得到安慰，一个人总不能什么都有，否则就太不公平了！

（495）

罗兴尧第一次看到墨湖的湖水就爱上了，他叫来自己的三五好友，几个人一合计，决定沿着墨湖盖起别墅，等老的时候再一起回到这里养老。

别墅盖好后，为了防宵小入侵，罗兴尧和朋友雇用当地人老庄当看守人，平常就是打理打理花园，偶尔开窗通风一下。谁也没料到几年未见，院子里的草都有半人高，墙体也斑驳得不成样子，而最让人崩溃的是老庄已不认识他们。

"老庄，每个月我们都会固定给你打款，你怎么就不认识我们了？"罗兴尧问。

"我不能阻止别人给我打款，但打款不代表认识。"

罗兴尧等人感觉不妙，上房管处一查，乖乖，房产全被盗卖。

经过两年的诉讼，罗兴尧和朋友才终于拿回房产。

"你们只是运气好，再多给我几个月的时间，一切都会不一样。"老庄说。

事实摆在眼前，罗兴尧和朋友都被一个乡下人给骗了。这个教训无疑是深刻的，谁说高智商犯罪难防？真正难防的是"看起来"智商不高的人，那会杀你一个措手不及！

（496）

Arsht率领的远征军以骁勇善战闻名，所到之处攻无不克，让对手闻风丧胆，然而这样纪律严明的队伍里竟然出现小偷，Arsht怒不可遏，下令让队长自查，否则提头来见！

由于将军在气头上，队长甚至不敢问丢了什么，这让查案更加困难。

次日，队长押着一位手里捧着一只松鼠的士兵来见将军。

"我的东西在哪里？"Arsht问士兵。

"将军，您得问这只松鼠，是它偷走了您的东西。"士兵答。

"你怎么知道是这只松鼠偷走了我的东西？"

"因为我能听得懂松鼠的语言，这只松鼠说是它偷走了您的东西。"

将军并没有进一步追问失窃物件在哪里，而是下令处死松鼠。

回到营帐里的将军来回踱步，其实他什么东西都没丢，而是以此来测试队长的反应（如果队长随便找了个士兵当替罪羊，代表他会为了自身利益不择手段，反之则说明这个人起码算得上耿直）。谁能想到队长会不按理出牌，竟然找了只松鼠来背锅。

思前想后，将军还是找了个借口处死队长，因为这么绝顶聪明的高手，他可驾驭不了，与其被顶替，不如先下手为强……

（497）

巴勃罗被凤凰国的国家足球队聘为主教练，第一次集训便让他受到很大的冲击，因为球员的体能完全跟不上，精神还散漫，很难想象这是从为数众多的竞争者中所选拔出来的精英。

为了提升球队的战斗力，巴勃罗很快制定出一套规矩来，可惜他的一腔热血却遇冷，雇用他的足协要他差不多得了，别太较真。

"我不懂，难道你们不想打入亚洲杯，甚至世界杯？"巴勃罗问。

"能打入当然好，但也不能超之过急，反正来日方长。"足协派来的代表对他说。

巴勃罗并没有把这段对话放在心上，依旧雷厉风行，甚至还开除了两个状态特别不好的球员。这一次，足协不得不打开天窗说亮话。

"凤凰国是个集权国家，也只有骂骂烂泥扶不上墙的足球队可以稍微排解一下心中苦闷，你可别剥夺了这项乐趣。"足协代表说。

"我不明白，既然如此，何必花高价雇用我？"

"你想想，连花高价也救不了，还有比这个更值得挨骂的吗？"

几个月后，巴勃罗的合约到期，凤凰国足协并没有做出续约的决定，而是改雇他人，听说新教练曾带出亚洲杯冠军，所以要价翻了两翻……

（498）

丁岩朋为了撑起一个家，每天早出晚归，即使被领导骂成了孙子也不敢回嘴，因为一家老小还指望他的薪水度日。

本来这种生活也算差强人意，压垮骆驼的最后"两"根稻草是丁岩朋的父亲患癌，而小儿子又查出智力低下，很可能一辈子都照顾不好自己……

写完遗书后，丁岩朋从二十多层的高楼一跃而下，血溅得到处都是。

丁岩朋死了之后，可怜的是丁太太，她被迫扛起所有的烂摊子……

十多年过去后，丁太太和一家老小还活着，如果当年丁岩朋没自杀，情况应该会比现在好。说到底，还是女人的韧性强（这句话有个前提，那就是当男人甩担子不挑时，女人的韧性才会彰显出来，否则永远只是隐性能力）。

（499）

少年王金银到大城市讨生活，由于初来乍到，对什么都不熟悉，很快就面临断粮的危险。此时，一位年轻女士给了他20元，有了这笔钱，少年得以回到故乡。

十多年过去后，王金银已经成年，某日，他兴起寻人的念头。

记者听说这个暖心的故事后，决定帮王金银寻找恩人。通过互联网的力量，当年的女士很快被找到，她叫许梦娇，现在已是一名中年妇女。

然而会面的情景与想象中不同，甚至说得上尴尬，好比王金银抱怨当年给的20元根本不够花……

"当时我身上只有20元，全给你了。"许梦娇说。

"就因为付不出5元车资，最后的十公里山路我不得不徒行，妳知道这对一个孩子来说有多危险吗？"

此时的记者坐不住了，他提醒王金银："当年许女士帮你是情分，不帮是本分。"

"错了，许女士帮我是本分，有哪个母亲会把未成年的儿子带到大城市又让他独自回家？"王金银答。

（500）

廖长冬的生命中有一个恶魔紧紧相随，对他的一举一动和任何决定指手划脚，廖长冬对此很是苦恼。

某天，他忍无可忍，坐下来和恶魔谈判。

"这事没得商量，除非我死。"恶魔说。

廖长冬是个善良的人，连走路都小心避开蚂蚁，怎么可能杀了恶魔？

思来想去，只有逃出去才能得到解脱，于是他趁恶魔睡着时，偷偷背起行囊溜出去，直奔火车站。

到了火车站，站务员告诉他今日火车因故皆未能出发，如果赶时间，不妨改乘长途大巴。

廖长冬正要去大巴站时，耳朵里响起了声音："赶紧退票去，你的钱是大风刮来的吗？"

于是廖长冬立即上窗口退票。

到了大巴站，他发现今日的票都已售罄，能买到的最早班是明天早上六点钟出发的。

此时，廖长冬耳中的声音又响起："赶紧抢下，免得又没票。还有，在大巴站附近找家便宜的旅馆住下，记得设闹钟。"

廖长冬照做。

次日，闹钟响了，他立刻爬起，发现时间显示6:00 am。

"你傻啊！六点出发的大巴，五点就得起床做准备。"耳里的声音三度响起。

"现在怎么办？"他问。

"看能不能退票，不能的话，那可糟了，你身上的钱所剩不多。"

没错，还未离开这个鬼地方就已经花掉五、六百元（如果票退不了的话），到了大城市，岂不更惨？

思前想后，廖长冬决定回家去，反正有没有恶魔已经没什么差别，因为她的声音老在耳边萦绕，挥之不去。

作者介绍

在异国的背景下加入缠绵悱恻的爱情故事是B杜小说的一大特点，她的文笔清新、笔触诙谐、画面感很强，读完小说有种看完一部爱情偶像剧的感觉，特别适合怀春少女及对爱情有憧憬的女性阅读。

另外，B杜还创作了系列小说（马力历险记、极短篇故事集、巫觋店等），欢迎关注。

ALSO BY B杜

《B杜極短篇故事集 (401～500)》 （繁體
字版） A Word to the Wise (Tales 401～500
in traditional Chinese characters)

* * *

《法兰西情人》 Love in France

《东瀛之爱》 Love in Japan

《新西兰之恋》 Love in New Zealand

《英伦玫瑰》 Love in England

《爱在暹罗》 Love in Thailand

《情定布拉格》Love in Prague

《狮城情缘》Love in Singapore

《爱上比佛利》Love in Beverly Hills

《梦回枫叶国》Love in Canada

《早安，欧巴》Love in Korea

《我在苏黎世等风也等你》Love in Switzerland

《迪拜公主的秘密情人》Love in Dubai

《马力历险记 1 之地球轴心》 The Adventures of Ma Li (1) : The Time Axis

《马力历险记 2 之黄金国》 The Adventures of Ma Li (2) : Eldorado

《马力历险记 3 之可可岛宝藏》 The Adventures of Ma Li (3) : The Treasure of Cocos Island

《B杜极短篇故事集 (1～100)》 A Word to the Wise (Tales 1～100)

《B杜极短篇故事集 (101～200)》A Word to the Wise (Tales 101～200)

《B杜极短篇故事集 (201～300)》A Word to the Wise (Tales 201～300)

《B杜极短篇故事集 (301～400)》A Word to the Wise (Tales 301～400)

《巫觋咖啡馆之梧桐路篇》The Witch & Warlock Café on Wutong Road